아침 인사

마음 모아 손 모아

| 해수 **손점암** 지음 |

인생을 산다는 것은 오직 한 번만
경험할 수 있는 미지의 순간들의 연속…
멋진 하루를 응원합니다

한누리미디어

좋은 아침을 맞는다는 것은 밤새 편안하게 단잠을 자고 난후에 상쾌한 기분과 건강이 하루를 좌우한다.

아침마다 활기찬 좋은 글로써 여러분과 함께 하고 싶어서 오랜 시간 좋은 마음가짐으로 아침 인사를 시작한 지도 벌써 10년이 넘는다.

나의 책임감으로 어느 날 나를 만들어가고 나도 모르게 습관처럼 되었다.

이 책을 출간하게 된 것은 그동안 저를 사랑해 주시는 많은 분들에게 고마운 마음을 전하고자 하는 마음과 많은 분들의 권유가 있었다.

날마다 아침이면 '당신이 쓴 아침 인사 글을 본다', '늘 아침 시간이 되면 아침 인사 글을 기다리게 되었다', '정성이 대단하다', '매일 다른 내용으로 하루에 대한 글로써 현실을 잘 파악하게 해 주는 센스가 멋지다', '요즘은 SNS시대다' 라는 등등…, 다양한 소리로 저에게 힘을 주신 분들께 보답하기 위해 이 책을 준비하면서도 한 편으론 걱정도 앞선다.

아무튼 글 내용의 일관성과 시간의 연속성이라는 맥락을 감안하여 지난 2023년 1월 1일부터 12월말까지 1년간의 '아침 인사' 를 총정리하여 엮었음을 밝혀둔다.

힘든 전염병으로 인해 사회가 온통 마비될 정도로 모든 것이 힘든 시기에 직접적인 만남보다 집안에서만 주로 생활할 수밖에 없었던 몇 년 동안 시간 날 때마다 핸드폰과 가까워질 수밖에 없었던 게 엊그제가 아니던가.

만나고 싶은 가족이며 친구나 지인들까지도 핸드폰으로만 인사나 안부를 물을 수밖에 없던 안타까운 몇 년이 지나다 2023년 들어서서 다 해제되고 보니 그동안의 습관이 하루 아침에 바뀌는 게 쉽지는 않은 것 같다.

나라 경제며 이웃 간에 두절되었던 인연이 서먹서먹한 것을 그나마 가장 쉽게 접근할 수 있는 것이 유일한 단톡방에서만이 삶의 향기를 맡을 수 있음을 느꼈다.

모든 것이 서먹서먹해진 현실에 글로써나 분위기 개선을 해 보자는 내 생각은 새벽 일찍 시계 알람으로 나의 아침 인사는 시작된다.

이 단톡 저 단톡 날마다 인사를 하다 보니 여기 저기 단톡마다 엄청난 단톡의 초대에 지금은 셀 수조차 없다.

주로 정치인들 단톡이며 문화예술인 단톡방에도 들어가 있다 보니 그냥 폰을 들고 보기만 해도 번쩍번쩍인다.

이러다 보니 앱 지우기를 한 시간마다 해야 하며, 그러지 못할 때는 폰이 작동이 되지 않아, 폰 AS를 받은 적이 한두 번이 아니다.

처음엔 단톡 초대하면 나오기도 많이 했으나 그것은 예의가 아님을 내가 만든 몇 개의 단톡을 관리하다 보니 이해가 가기에 인내로 꾹 참다 보면 좋은 글과 정보 영상도 보게 되어 기쁠 때도 많다.

아침이면 단톡마다 다 보낼 수는 없지만 3천 명 내외의 단톡방만 해도 많아서 2만~3만 명한테는 늘 아침 인사를 보내고 있다.

이러다 보니 노다지 아침은 굶게 마련이고 눈이 너무 많이 나빠져 지금은 고민이다.

아주 급하게 아침일이 있을 때는 단톡에 글 올리기를 줄일 때도 가끔 있고 외국을 나가지 않는 한 꼭 아침 인사를 올리는데 때로는 너무나 열 받을 때도 많다.

어느 단톡에 인사하러 들어가면 정치로 인한 비판의 싸움장이 되는 분위기 속에 나의 아침 글을 올리기도 민망하지만 그래도 눈을 질끈 감고 글을 올리는 것은 그나마 분위기를 달래기 위한 나만의 노하우가 되었다.

날마다 별의별 단톡 분위기를 다 본다.

유튜브를 하면 돈이 된다고 권하는 분들도 있지만 지금의 단톡방 글을 원하는 분도 많을 뿐만 아니라 고맙다며 만나서 식사대접도 하고 싶다는 분들도 계신다.

많은 분들이 개인적 감사의 글을 보내오는데 개개인에게 일일이 답글을 못 드리고 사양해서 미안함을 이 기회로 양해를 드리며 고마운 마음으로 더 열심히 제가 할 수 있는 날까지 글로써 감사를 전하려 다짐한다.

지금까지 내가 살아오면서 경험한 하루의 일상을 여러분과 함께 나누고 살고 싶기에 아침을 기다린다.

늦잠 자고 싶을 때나 비가 오나 눈이 오나 늘 여러분들이 열렬하게 응원해 주시는 덕분에 먼 외국에서도 저에게 감사의 인사를 보내주시는 모든 분들께 이 기회를 통해 다시 한 번 감사를 드린다.

모두가 다 건강한 모습으로 늘 아침 인사로 멋진 하루를 서로가 응원하는 아름다운 사회를 만들어 갑시다.

고맙습니다.

그리고 사랑합니다.

2023년 12월 22일 동짓날에

해수 손점암

아침 인사

아침이면 창문이 밝아오는 것은 하루를 밝고 기쁘게 보내라는 신호이며
눈 뜨고 올리는 아침 인사는 소통(疏通)이 시작되는 순간이다.

먼저 인사를 건네는 데 인색하지 말자.
한 줄의 글이나 말로써도 좋다.
'좋은 아침! 잘 잤니?'

이 얼마나 아침을 밝게 하는가?
그러므로 하루가 기분 좋게 보낼 수 있는 활력(活力)이 된다.
언제 어디서든 먼저 인사하는 멋진 삶을 살자.

말을 예쁘게 하는 것은 쉽지만 진심을 담는 말은 어렵다.
비밀의 말을 할 땐 혹시 누가 들을까 봐 조용히 하지만
당당하고 떳떳할 땐 큰소리로 말을 한다.

글을 쓰는 것 역시 자신의 생각을 쓰지만 잘 쓰려는 어려운 문자보다
솔직한 생각의 글로 표현할 때 그 글을 읽는 상대는 가슴에 와 닿게 된다.

사물을 어떻게 표현하느냐도 중요하지만 정직함이 묻어나는 게
최고의 감성의 움직임이 되어 하루의 큰 힘이 된다.

솔직하지 않은 말과 글은 가슴에 와 닿지 않는다.
솔직하게 표현하여 좋은 감동(感動)을 주는 나날로 살아가자.

| 추천사 |

　손점암 시인이 지난 10년 전부터 매일 아침 단톡방에 올리고 있는 '아침 인사' 문안글 중 에센스만 뽑아 단행본을 내겠다며 내게 추천의 글을 요청해 왔다.

　예로부터 우리는 인사성 밝은 사람을 칭송해 왔는데, '아침 인사' 글을 매일 아침 그것도 10년여를 지속하고 있다는 것은 대단한 정성과 부지런함과 끈기가 없이는 감당키 어려운 일이다.

　《아침 인사》 단행본 출간을 진심으로 축하드린다. '구슬이 서 말이라도 꿰어야 보배'가 되듯이 매일 매일 올려서 흩어진 글이기에 이를 모아 한 권의 책으로 엮어야 비로소 역사가 된다. 서양 격언처럼 'No publishing is Perishing'이기 때문이다.

　손점암 시인과의 만남은 그리 오래지는 않지만, 같은 문인으로서 매일 아침 일찍 글을 쓴다는 것은 보통 정성이 아닌 남다른 부지런함을 보는 것 같았다. 점암(點岩)이라는 특이한 여성 이름처럼 당차고 열정적인 모습이 인상적이다.

　《바우야 울지 마라》라는 그의 저서에서는 여성의 몸으로 힘든 길을 헤쳐 나가며 열심히 살아왔음을 알 수 있었다. 가정에서는 잘 키운 딸들의 엄마로서, 사업가로서, 한때는 정치인으로서의 다양하고도 폭넓은 경험은 인생살이의 큰 자산이라 하겠다.

지난 날 어려움 속에서도 많은 봉사활동을 한 내력들이 진솔한 아침 인사 글에 반영되어 다 함께하려는 배려와 인내에 큰 박수를 보낸다.

　또한 손점암 시인의 당찬 면모와 인간적 의리, 불의를 참지 못하는 정의감 등도 이 책에 여실히 잘 나타나 있다고 본다.

　이처럼 손점암 시인의 인간적 매력이 가득한《아침 인사》출간을 거듭 축하드리며, 독자 여러분의 일독을 권한다.

　　　　　　　　손 해 일 (시인, 문학박사, 국제펜한국본부 35대 이사장)

● 딸과 함께 (**류명수** 시인, 통역사)

차례

해돋이 _ 해수 손점암

바다에 뜨는 해나
산에 뜨는 해나
해는 나를 바라보고

나는 해를 바라보니
해는 변함없으나
내 마음이 변하네

제**1**부

해돋이

2023년 1월 1일

새아침을 맞는 참 기분 좋은 아침입니다.
밤새 좋은 꿈 꾸셨나요?
새해를 맞아 오늘 하루를 활기차게 시작합시다.

새해 들어 새로운 계획과 각오를 했다면 지켜 나가야 한다.
계획이 없다면 각오도 있을 수 없기에 그냥 살아온 대로 살게 된다.

계획을 하고 살아온 사람과
계획 없이 살아온 사람의 결과는 천지차이다.
계묘(癸卯)년은 새롭게 모두가 달라지고 변해야 한다.
맡은 바 각자에 맞는 계획을 세워서 지켜 나갈 때 발전이 된다.

정치인은 정치인다워야 하며
종교인은 종교인다워야 하며
언론인은 언론인다워야 하며
예술인은 예술인다워야 하며
완장을 찼으면 완장 값을 해야 하며

여·야가 싸움질보다 합리적 타협으로 국민들을 우선으로
소통해서 나갈 때 이 힘든 고비에서 벗어날 수 있다.

새해는 변하고 달라져야 한다.
모두가 바라는 소망이기에 변하고 달라져야 한다.
달라지고 변하는 것은 바로 실천이다.

2023년 1월 2일

*1월 초순의 아침은 새로운 기분에
설레이지만 중순이 되기 전 그 설레임은 사라지고
잠시나마 느낄 수 있었음에 감사하며
오늘 하루 만나는 모든 분들께 정성의
마음을 담아 좋은 인연(因緣)으로 이어지길 손 모아 봅니다.*

지난 몇 년간 자주 못 보며 가까운 가족
친구 지인들마저도 멀어질 수밖에 없었고
이제 와 서서히 연락하며 만나려니 이산가족 만남이라도 하는 양
서먹서먹해진 현실 앞에 용기가 필요하다.

좋은 인연은 진심으로 겸손한 마음으로 감동을 준다.
이기적이고 자기 멋대로의 인연은 상대의 마음을 얻을 수 없다.

연락 두절할 땐 언제고
자신이 필요할 때만 찾는 염치없는 자와는
좋은 인연으로 볼 수 없고 그냥 알고 지냄이 마음 편하다.
좋은 인연은 처음이나 끝이 변함없이
관심(觀心)을 갖고 진심(眞心)으로 대한다.

관심 따위로 무시하는 교만함은 근성으로 행동한다.
많은 사람의 사랑을 받고 못 받는 것은 바로 자신의 몫이며
누구의 탓도 아님을 알아야 한다.

2023년 1월 4일

새벽에 일어나 좋은 글을 보면 하루의 활력(活力)이 되고
좋은 생각으로 행함으로써 하루를 보람 있게 합니다.

행함으로써 느끼는 행복(幸福)이야말로 진정한 행복이며
말로는 필요치 않다.

말로는 세계인을 다 먹여 살리며
언행(言行)의 일치로 살아갈 때 신뢰(信賴)를 받는다.
사람다운 사람이라면 신뢰와 사랑을 받고 살아야 사람이다.

누구한테나 필요한 신뢰와 사랑은
모든 사람에게 행복을 주며 상대적이 되어 메아리로 돌아온다.

2023년 1월 5일

아침 인사를 나눌 수 있음에 감사드리며
오늘 하루도 건강에 유의하시며 활기(活氣)찬 하루를 시작합시다.

언제 어디서나 필요한 사람으로 살아야 한다.
머리수라도 채워 줄 수 있을 때 그나마 쓸모 있는 사람이다.

누구에게도 쓸모 없음을 자신이 깨달을 줄 알면 그나마 영리한 사람이다.
그 자체를 모르고 남 탓만 하는 자는
미련하게도 좋은 사람들이 그의 곁을 떠나가게 된다.

사람이 떠나지 않게 하는 것은 남이 싫어하는 행위를 반복하지 않는
작은 센스며 지혜로움이다.
우리나라 부모는 얌전한 자식을 착하다고만 생각한다.
유태인 부모는 얌전한 자식은 발전이 없다고 고민한다.

얌전하다고 마음씨마저 착할 수 없고 별나다고 마음씨마저 나쁠 수 없다.
정확한 판단으로 정도를 갈 줄 아는
지혜로움이 있을 때 누구에게도 도움이 되고 필요한 사람이 된다.

오늘도 누군가에게서 세월이 지나도
잊혀지지 않는 필요한 사람으로 남고 살자.
그런 소중한 인연은 자신이 만들어가는 바로 오늘이다.

2023년 1월 7일

밤새 내린 겨울비는 미세 먼지를 씻겨주고
한 주간의 고단함은 주말로 대신합니다.
따뜻하고 편안(便安)한 주말 보내세요.

누가 누구를 나무라며 탓하지 말며
자신을 돌아보며 순리대로
살아갈 때 대탈이 없고 소인에서 벗어나는 길이다.

죽 끓던 변덕스런 사람보다 처음이나
끝이 변함없는 마음으로 정성껏 인연을 소중하게 생각해야 하며
알자 말자 제대로 알지도 못하면서
무례(無禮)하게 질서를 망가뜨리는 행위는
인간관계에서 신뢰의 문제가 될 수 있음을 명심해야 한다.

자신에게 맞춘다고 따라갈 자 아무도 없고,
세상에 만만한 자 없으니
나보다 못난 사람 없음을 알아야 한다.
친하면 친해질수록 더 좋아지는
언행의 실천이 좋은 인연의 길로 가는 길이다.

지식 하나로 거들먹거리지 말며 인성도 실력이다.
잘날수록 그만큼 더 도움 주고
웃음 주고 겸손할 때 존경 받는다는 것을
잊지 않기를 마음 모아 손 모아 본다.

2023년 1월 8일

편안한 휴일 아침은 느긋함으로 이어지는 행복입니다.
언제 어디서나 감성(感性)이 있는 사람을 만나야 행복합니다.

삭막한 현실(現實) 속에서 감성이 달아나니
차디찬 겨울 눈 비는 유리알로 번쩍인다.
이리도 삭막한 현실 속에 뭐가 제대로 나올 수 있을까?

감성은 죽고 악에 받친 외침만 울려 퍼지는데
감성 없는 그 맘속에 무엇이 들어 있는가?
사랑 기쁨 행복 그 어떤 것도 기대할 수 없다네.

명예도 돈도 아닌 인간이기에 가장 소중한 감성이 살아 있어야 한다.
기쁘고 행복하려면 스스로 감성을 만들며 살아야 주변 모두가 즐겁다.

2023년 1월 9일

한 주가 시작되는 월요일 아침입니다.
미세먼지가 안개처럼 시야를 온통 가리지만
마스크로 대신 건강을 지키며 활기찬 하루를 시작합시다.

울고 웃는 인생길을 말해 주는
물질만능(物質萬能)시대에 살고 있는
풍족함에서 오는 또 다른 현상이 생겨나니
보는 눈이 어지럽고 멀미가 난다.

다 잘난 사람들이라고 아귀다툼들이니
보고 있자니 어이없는 뻔뻔함으로 둔갑해
다른 사람의 말이 충고로 들릴 리가 만무하다.

"세상은 문제이다. 문제를 나무라지 말고 해결하는 방법을 배우라"는 말은
옛말이 되어가고 정신질환이 심하면 의사도 고치기 힘들고
도를 넘어선 일종의 정신병을 앓고 있으며
주변은 다 알고 있으나 정작 자신만 모를 뿐이다.

겉모습은 멀쩡하고 속은 허탈하니
정리되지 않는 마음가짐에서 오는
현대병이 늘어나지 않는 마음 수양이 최고다.

건강한 정신은 배려와 감사를 알기에
무례이 행치 않는 겸손함으로 오늘도
사랑 받고 신뢰 받는 삶이 되기를 손 모아 본다.

2023년 1월 10일

밤새 안녕하십니까?
왜 이런 말이 나왔을까요?

그럴 수 있음을 직접 당해 보지 않았다면
지금까지 잘 살아왔음에 감사해야 한다.

초스피드로 변하고 있는 세상에 우리는 살고 있기에
언제 어디서 어떻게 불행(不幸)이 닥칠지 모르기 때문이다.
부정적 생각만 하는 것도 문제가 될 수 있지만
너무 긍정적 생각만 하다가 불행을 맞게 되면 더욱 타격이 크다.

살아가면서 모든 언행에 조심조심하며
또 조심하고 현재에 감사하며 순리대로 살아야 한다.
작은 일에도 남을 탓하기 전에
자신을 먼저 깊게 돌아볼 줄 알면 저절로 감사를 하게 된다.

종교를 신실하게 믿는다고 다 종교인이 아니며
생각과 행함이 달라야 하며
그렇게 살아갈 때 말이 필요 없는 신을 찾게 된다.

오늘도 누구에게나 슬픔을 주기보다
기쁨을 주고받는 하루 되시길 마음 모아 손 모아 본다.

2023년 1월 11일

창문이 밝아 이른 새벽을 알리니
또 하루의 시작입니다.
무엇을 위해 오늘을 살고
무엇을 먼저 해야 할까요?

세상에는 다들 불쌍한 사람들뿐이다.
나약해서 불쌍하고 너무 착해서 불쌍하고
너무 악랄해서 불쌍하고 돈이 너무 많아서 불쌍하고
돈이 너무 없어서 불쌍하고 권력(權力)이 너무 높아도 또 불쌍하다.

불쌍한 사람들끼리 싸움질하는 것 역시 불쌍하다.
조금만 이해를 한다면 이 땅은 평화(平和)로울 것이다.
늘 불쌍히 여기는 마음으로 넓은 이해와 사랑으로
우리는 불쌍함을 행복으로 바꾸며 살아가야 한다.

2023년 1월 12일

아침이면 뭐하고 저녁이 되면 뭐하나 변하는 게 없는데
너는 떠들고 나는 듣고 있자니 천불만불이 나네요.

돌고 돌아도 그 소리가 그 소리건만
눈만 뜨면 짖어대니 짖는 자는 모르고
듣는 자는 참으로 괴롭다.

거짓말도 진짜보다 더 진짜요
간에 붙었다 쓸개에 붙었다
순간순간 간사스러움에 감탄이 저절로 나오니
이 또한 현대병이란 말인가?

다 잘난 사람들뿐이니 누가 누구 말을 듣겠는가?
한 마디 충고(忠告)는 추궁(追窮)으로 몰리고
바보 아닌 바보가 되어 살라 하네.

가장 무서운 자들이 먹물이 머릿속에 잔뜩 들어서
인성이 들어갈 자리가 없다네.
현대병을 고칠 자는 로봇 밖에 없게 되니

현대를 살아가자면 먹물을 뒤집어 써야 하니
개울가 맑은 물은 아직도 꽁꽁 얼어붙어 있는데
언제쯤 봄이 오려나 기다려진다.

2023년 1월 13일

눈을 뜨기 바쁘게 핸드폰을 찾아 오늘도 아침 인사를 합니다.
집을 나설 때도 핸드폰은 꼭 챙깁니다.
혹시나 핸드폰을 집에 두고 문밖을 나설 땐 허겁지겁 뒤돌아가
핸드폰을 챙겨서 나와야 안심입니다.

요술쟁이 핸드폰을 혹 잊어버리면 난리 아닌 난리법석이 시작된다.
지하철을 타면 책을 보던 모습은 그 옛날의 전설(傳說)이 되어가고 하나같이
폰 삼매경(三昧境)에 빠져 쳐다보느라 내려야 할 정거장을 지나치기 일쑤다.

요술쟁이야말로 참 편리하면서도 때론 불편하게도 한다.
경조사의 알림은 물론이고 카톡 소리 '카톡' 하면 쳐다보기에 바쁘고
그로 인해 오만 잡동사니 정보의 글 읽기에 바쁜 시간을 늘 보내게 된다.

멋진 영상과 사진 글을 읽을 땐 참 좋은 기분으로 보다가
그와 반대의 마타도어로 인식되는 지나친 글들을 볼 땐
잔잔하던 감정도 폭발직전에 이르게 된다.
혼자 있어도 심심하지 않게 하는 요술쟁이 폰은 지루할 시간도 없게 한다.
한 번도 만난 적 없는 사람도 폰 속에서 그의 품격을 볼 수가 있다.
그 속에서도 만나고 싶고 마음이 가는 따뜻한 사람
예의를 지키며 진심과 정성이 보일 때 좋은 소통의 인연이 될 수 있다.

얼굴 한 번 본 적 없어도 신뢰가 갈 때 존경받고 사랑 받는 요술쟁이 같은
폰이 잠시도 없어선 안 되는 것 역시 자신의 능력이 된다.

2023년 1월 14일

비가 오면 비만 올 것이지 안개까지 동반(同伴)하니
날씨는 종일토록 희뿌연하게 혼탁한 채 시야마저 흐려져
심란스러운 현대인들의 알 수 없는 마음 같다.

날씨마저도 아리송하게 변하니 이 무슨 괴이한 현상이란 말인가?
어쩔 수 없이 인간들이 만들어 놓은 환경에 적응하고 살아야 한다.

맑고 깨끗하지는 못할망정 혼탁하지는 마라.
맑은 마음을 가지려고 애쓰며 살아도 맑기 어려운 것은
자신도 모르게 우러나오는 욕심이다.
"내가 잘났으니 나를 따르라"는
"내가 못났으니 나를 도와라"와 뭐가 다를까?

햇빛이 쨍쨍하니 맑고 좋은 날씨는 산과 들에 도움이 되고
어제처럼 희뿌연한 날씨는 그 무엇에도 도움이 되질 않는다.

자연을 보고 느끼며 자연인(自然人)이 되고
자연의 변화를 보고 깊게 생각할 줄 알아야 한다.
자연의 영험(靈驗)함이 미리 예고함을
세상 인간들은 얼마나 알고 받아들일까?

예의와 감사를 자연에게 한 번이라도 한 적이 없다면
지금이라도 감사하며 맑고 깨끗한 환경을 만들어가며 살아야 한다.

2023년 1월 15일

휴일 아침엔 마음과 몸이 편안합니다.
한 주간의 피로를 풀어주며 지친 몸과 마음을 달래주는 여유
편안한 휴일 되시길 손 모아 봅니다.

사람이 살아가는 데 사람들의 마음을 얻는 것이 가장 어렵고도 쉽다.
생각은 있으나 실천(實踐)하지 않음에 문제가 있기 때문이다.

남이 싫어하든 말든 자신이 편할 대로 하겠다고
질서를 무시하고 눈치코치 다 무시하고 자신이 하고 싶은 대로 하면
그러면 안 된다.

안 되는 것을 자기 마음대로 하는 것은
허탈감에서 오는 몸부림일 뿐
끝내 원하는 바를 얻을 수 없다.

남이 싫어하는 행위를 계속 하면서 자신에게는 한 마디의 조언도 질색하며
반성(反省)보다 남이나 탓하며 도리어 불같은 화를 낸다면
정신에 병이 든 것이다.

그러면 안 된다. 자신만 모르는 병이 들어 뿌리를 내리고 있는 것이다.
이 얼마나 안타까운 일인가? 몸 건강보다 더 중요한 것이 정신 건강이다.
늘 몸과 마음을 닦고 수양해서 편안하고 멋진 삶을 살아가야 한다.

2023년 1월 18일

좋은 아침입니다.
하루를 시작하는 데 가장 중요(重要)한 것은
눈 뜨자마자 아침을 맞이하는 기분입니다.
좋은 생각으로 하루를 시작합시다.

좋은 게 없다면 좋은 사람을 떠올려 보자.
얻으러 와도 좋은 사람이 있고, 주러 와도 싫은 사람이 있게 마련이다.
싫어서 피하면 그림자처럼 다가올 때 질려 버리게 되니
원인 제공하지 말고 상대를 배려하며 살자.

좋은 사람은 주고 싶고 만나고 싶고 생각만 해도 기분이 좋아진다.
좋은 사람들 만나기도 바쁜데
구태여 마음에 맞지도 않는 사람으로 인해
시간 낭비할 필요가 없지 않는가?

한 마디로 눈치코치가 있어야 하며
앉을 자리 누울 자리 살피며
내 잘났네는 내 못났네로
보이지 않게 노력하며 살아야 한다.

늘 생각만 해도 기분 좋은 사람으로
사랑 받는 나날이 되길 바라며
마음 모아 손 모아 본다.

2023년 1월 20일

오늘은 대한(大寒)입니다.
일 년 중 가장 춥다는 대한이 지나면
추위도 서서히 물러나겠지요?

소한(小寒)에 얼었던 얼음이 대한에 녹을 정도로 따뜻하게
지나간 해도 있었는데 이번엔 대한땜을 할 참인가 보다.

설날을 맞아 혼잡한 귀성길에 눈비가 온 뒤 한파까지 온다는
일기예보가 있으니 안전운전하길 바라며

모처럼 그립던 가족을 만나러 가는 설레는 마음 그대로
즐겁고 행복한 명절 보내시길 손 모아 본다.

2023년 1월 23일

명절(名節)이 바뀌고 있다.
그동안 답답했던 생활의 틀을 벗어나는 모처럼의 긴 연휴가
명절보다 직장인들의 휴가 길이 아닌가 할 정도로
해외 여행길에 공항이 북새통이라니….

우리 고유의 설날 명절에
해외에서 조상님들께 차례상(茶禮床)을 올리며
살아생전 외국 여행 한 번 못 시켜 드렸기에
돌아가신 뒤에라도 해외에서
살아생전 못 드신 음식들로 차례를 지내며
변화하는 세상에 따를 수밖에 없는
재미있는 현시대를 살아가고 있다.

조상님 부모 형제를 생각하는 기본 마음이
언제 어디서건 뭐가 중요한가?
명절날이라도 잊지 않는 마음이며
가족의 소중함을 알며 사는 것이 더 중요하다.

2023년 1월 24일

설날 연휴(連休) 마지막 날입니다.
모처럼 그립던 가족들과 좋은 시간을 보내셨는지요
명절로 인해 받은 피로를 편안한 휴식(休息)으로 푹 쉼 하시는
오늘 하루 되시길 바랍니다.

새해에는 순리대로 살아가야 한다.
누군가에게 작은 도움이라도 되며 살아가야 한다.
물질만 주고받는 도움만 도움이 아니다.
정신적으로도 진심을 다할 때
그보다 든든한 마음의 의지가 없다.

인간관계에선 목적과 계산이 없는
진심에서 사람다운 사람대접을 하는
아름다운 사회가 되어야 한다.

다 함께하는 마음으로 봉사하는
마음가짐이 희생정신이다.
돈은 아무나 벌지만
봉사는 희생정신이 없으면 못한다.

남을 위한 일은 자신이 행복하고
보람 있음에 넓은 마음으로
남의 탓이 아닌 내 탓임을 알아야 한다.
오늘 하루도 즐겁고 편안한 휴일 되시길 손 모아 본다.

2023년 1월 25일

월요일 같은 수요일입니다.
명절연휴로 행복한 시간 보내셨는지요
휴식할 만큼 했으나 곳에 따라 많은 눈이 내려
출근길이 힘들지만 활기차게 하루를 시작합시다.

명절도 변하고 사람도 변했다.
정과 의리는 어디로 출장가고
새해 인사 문자 하나에도 인색하다.

너는 나를 따라야 하고
나는 너를 따를 수 없다는 교만이 활개를 치고
삭막함은 짙어가니 한심하고 애달프다.

눈에는 눈 코에는 코를 부르며
똑같아질 때는 내 탓은 모르고
곱게 봐 주는 것도 한계가 있고
모든 것은 상대적이고 공평(公平)해야 한다.

남의 탓으로 돌리는 소인배들과
새해부터는 어울리기도 힘들기에
시간 낭비하지 말며 살아야 한다.
새로운 마음가짐으로
새해를 설계하며 살아가야 한다.

2023년 1월 26일

한파로 날씨가 몹시 춥습니다.
건강에 유의하시며
따뜻한 옷차림으로 집을 나서야겠습니다.
날씨가 춥다고 마음마저 웅크리지 마시고
활기차게 하루를 시작합시다.

늘 생각나는 사람이 있다면
사랑하는 사람이다.
힘들 때 생각나는 사람이 있다면
항상 그는 나에게 도움을 준 사람이다.

슬플 때 생각나는 사람이 있다면
믿음이 가는 우직(愚直)한 사람이다.
기쁠 때 생각나는 사람은
시기와 질투가 없는 다정하고 인정 있고
의리 있는 멋진 사람이다.

이 모든 것을 함께할 수 있는 것은 바로 사랑이다.
비가 오나 눈이 오나, 더우나 추우나
늘 변함없이 생각나는 사람은
사랑을 많이 주고받는 행복한 사람이다.
감사하는 마음을 갖게 하는 것이 바로 사랑이다.

2023년 1월 28일

한 주가 빠르기도 하니 하루 같구나!
눈이 와도 하루요, 눈이 녹아도 하루다.
시간은 가리지 않고 똑같이 지금도 흐르고 있다.

따라가지 않고 싶은 마음 가는 곳 없이
나도 모르고 너도 모르게 따라가는 시간 속에서 얽히고 설킨
수많은 사연(事緣)들이 자꾸만 쌓여만 간다네.

너가 가니 나도 그냥 간다.
때로는 빠르고 때로는 늦어도 끝도 보이질 않는 질주를
아무 상관 없이 오늘도 나도 가고 너도 간다네.

2023년 1월 29일

겨울 날씨답게 추운 것은 당연하고
아무리 추운 날씨에도 바닷물이 얼어붙지 않는 것은
염분(鹽分) 때문만은 아니며 넓고 깊기 때문이다.
크나큰 바다답다.

사람 역시 큰 사람은 남을 먼저 생각하고
마음 속이 넓고 깊고 화통하다.
사람들에게 좋은 평을 들으며
사랑 받고 함께하기를 좋아한다.

사람 속이 큰 사람은 바다 같고
시원시원하며 정직하고 당당하다.
작은 사람 속은 종재기만 해서
음식도 아닌 사람 간보기를 잘 해서
시간이 가면 갈수록 사람들이 곁을 떠나간다.

음식이라면 몰라도
사람한테 간보기하지 마라.
요즘 사느라 힘들어 지칠 대로 지쳐 있을 때
서로 도움 되며 살아가야 한다.
늘 내가 먼저 누군가에게 도움이 될 수 있는 게 뭔지 찾아 나서 보자.

2023년 1월 30일

자고 난 얼굴을 거울에 비춰보니 무표정(無表情)이다.
눈두덩이 부은 걸 보니 꽤나 고단했나 보다.

본 얼굴을 오늘부터 길거리에서 볼 수 있다.
오랫동안 숨 막히게 얼굴 가리던 마스크를 벗는다.

또 얼굴 몰라볼지도 모르지만
오늘은 활짝 웃어 굳어진 얼굴 근육을 풀자.
어제는 과거가 되니 오늘 아침은 현재가 아닌가?

마음 속에 근심이 있어 웃어도 웃는 게 아니다.
따뜻한 방안의 공기가 갑자기 싸늘해진다.

난방이고 서방이고 동방까지
모든 물가가 다 오르는데
어찌 웃음이 억지로 나오리

그래도 오늘은 웃어보자.
모든 걸 다 잊은 채 웃다 보면 좋아질지도 몰라
활짝 웃는 하루를 만들자.

2023년 1월 31일

1월의 마지막 날 마무리 잘 하시고
새로운 2월을 맞이하시길
마음 모아 손 모아 봅니다.

1월의 마지막 날 아침을 맞고 보니
새해라고 외치다 한 달이 어느새 다 가 버렸다.

1월이 주는 의미(意味)는 많았건만
제대로 마음먹은 대로 실천하고 살고 있는지
돌아보는 한 달의 마지막 날이다.

하루를 돌아보는 저녁이 되면
한 달을 돌아볼 줄 알고
새로운 한 달을 맞이할 줄도 알아야 한다.

생각 없는 하루살이는 하루에 만족하고
내일을 모르지만
내일을 아는 사람은 감사할 줄 알고
자신의 하루 행적을 돌아볼 줄 안다.

2023년 2월 1일

2월의 첫날 참 기분 좋은 아침입니다.
새롭게 느껴지는 2월은 꽁꽁 얼어붙은
강물이 녹아내려 물소리마저 정겹습니다.

2월은 감사하는 마음의 강물로 흘러 넓은 가슴에다 이해로 흘러가자.
큰 물줄기는 막힘이 없어서 순탄하게 잘 흐른다.

감사를 알면 미워하고 서운하지 않다.
측은하고 불쌍하게 느껴져 모든 것을 이해하게 된다.

동정(同情)도 잠깐의 사랑이다.
기쁘고 행복한 사람에게는 동정이 가질 않는다.
마음이 얼어붙어 있다면 2월에는 졸졸 흐르는 맑은 물소리를
들을 수 있기를 첫날에 손 모아 본다.

2023년 2월 2일

2월은 부드럽다.
1월보다 부드럽다.
겨울이 서서히 물러가고 있으니
추위도 서서히 수그러들고
하루 햇빛이 포근하게만 느껴진다.

남쪽에서 불어오는 봄소식은
벌써부터 꽃망울이 살포시 얼굴을 내밀어
부드럽게 다가오고

그 향기(香氣) 짙어갈수록 봄이 오고
늘 좋은 기분으로 즐겁게 하루를 보낼 수 있기에
향기 나는 사람을 찾아서 함께할 때 하루가 순탄하다.

좋은 향기는 멋과 맛을 아는 사람에게서만 난다.
멋과 맛은 하루 아침에 나질 않고
엄동설한(嚴冬雪寒) 속에서만 피어난다.

오늘의 멋과 맛을 살리는 향기 나는 하루 되시길
마음 모아 손 모아 본다.

2023년 2월 3일

추운 겨울날씨에 난방(暖房)을 하지 않을 수 없지 않는가?
집이라도 견고하면 그래도 난방비가 적게 들지만
낡고 노후화 된 집일수록 노인들이 거처하고 있다.

전기장판 하나로 겨울나기를 하는
달동네를 떠올려 보라.
힘들고 찌들린 생활이 눈에 선하다고 생각한다면
그래도 다행이다.

그마저 생각 못하는 완장 찬 그들
빌라왕이 판치고 달동네는 엄동설한 속에서
웅크리고 쪼그리는 이 무슨 엇박자란 말인가?
이것은 하루 이틀만에 생긴 일이 아니다.

지금도 미분양이 줄을 서서
주인 오기를 기다리고 있고
이런 정책을 묵인한 자들에게
한 달씩만 달동네 생활을 하도록
추위가 다 가기 전에 추천하고 싶다.

오르고 오르네.
오늘도 덩달아 모든 게 오르고 있다네.

2023년 2월 4일

오늘은 입춘(立春)이다.
민속적인 행사로 그 중 하나가 대문 기둥이나 대들보 천장 등에
좋은 뜻의 글귀를 써서 입춘첩(立春帖)을 붙여 놓는다.

새해의 복을 불러들인다는 날 입춘을 맞아 새 봄이 오는 소리가 들린다.
얼어붙은 개울물마저도 녹아내려 졸졸 흐르는 물소리가 희망의 소리로다.

복을 받는 것도 내가 할 나름이요
복을 짓는 것 또한 자신에게 달려 있다.
심성이 비단결 같은데 복이 따라오지 않고 어디로 간단 말이더냐?

마음을 곱게 단장하고 다스려서
만사 태평스런 기쁜 나날 되길 바라는 마음이다.

2023년 2월 6일

한 주가 시작되는 월요일 아침입니다.
늦장부리는 추위는 조석으로 아직도 차갑기만 하니
건강에 유의하시며 활기찬 하루를 시작합시다.

우리가 살아가는 데 명예와 돈을 싫어하는 사람은 없다.
그렇다고 둘 다 잡으려면 지나친 욕심이다.

특히 정치인은 장사치가 되어선 안 된다.
돈 보기를 돌같이 해야 하며 사업과 정치를 한다면 양손에 떡을 쥔 격이다.
분명한 것은 정치하기 전 사업에서 손을 떼야 하기 때문이다.
주가조작이 의심스러워 쉴새 없이 떠드는 데도 아직도 정치인들이 욕심을
내려놓지 않았다면 그런 자들을 정치인으로 만들어준 사람들이 문제다.

청렴결백(淸廉潔白)하게 사는 사람들 생각과 전혀 다르게
돈이면 다 해결된다는 몰지각한 자들은
정치하는 근방에 절대 나타나면 안 된다.
돈을 더 많이 벌기 위해서 돈이 많아 권력을 쥐고 싶다면
정치냐? 돈이냐? 확실하게 해라.

깨끗한 양심도 권력 앞에 유혹이 따른다.
그런 것을 이겨낼 수 있는 강한 의지만이 앞으로 살아남을 수 있다.
의지는 하루 아침에 생겨나질 않기에 늘 마음의 노력이 필요하다.
양심 있게 길을 가야 한다.

2023년 2월 7일

오늘은 미세먼지가 활개를 친다니
건강에 조심하시고 활기찬 하루를 시작합시다.

안개가 자욱하다면 차라리 괜찮다.
미세먼지가 뿌옇게 앞을 가리니 차마 보기도 힘이 든다.

누군가가 내 앞을 가로막을 때 갑자기 답답함을 느끼게 된다.
때로는 생각지도 않게 억울한 일을 당할 때
아무리 흥분해도 소용이 없다.
모든 것은 자신이 했기 때문이다.

옛말에, 억울하면 출세(出世)해라….
그렇다. 현재보다 더 좋아지는 길을 갈 때
그 길만이 보상(報償)의 길이다.

그러나 아무리 잘난 사람도 혼자서는 힘이 든다.
당겨주고 밀어주며 함께 할 때 발전하게 된다.

혼자 가는 길은 멀고도 힘들지만
다 함께 가는 길은 도움이 되고 힘든 일도 나눌 수 있다.
다 함께 하는 오늘 하루 되시길 바라며
마음 모아 손 모아 본다.

2023년 2월 8일

세상이 시끄럽고 다 어렵다.
지진 발생으로 수많은 인명 피해를 낸
튀르키예의 안타까운 소식을 접하니 남의 일만 같지가 않다.
갑작스런 사고로 인한 고통 속에서 하루빨리 복구되기를 두 손 모아 본다.

우리나라 역시 지진으로부터 안전하다고 볼 수 없다.
지금 이당 저당 싸움질할 때가 아니다.
표 얻기에 간신이란 표현까지 나오는 걸 보니 막장 드라마를 보는 것 같다.

간신(奸臣)의 본모습은 늘 옆에 붙어 있고 다른 데로 절대 가지 못한다.
다른 데로 가면 금방 간신짓이 들통 나기 때문이다.

간신은 갑목을 서서히 병들게 한다.
그렇지 않으면 간신이 아니다.
간신을 좋아하는 자는 절대로 바른 소리하는 자를 곁에 두지 않는다.
바른 소리를 싫어하는 자들이 간신을 키우기 때문이다.

쓴 게 약이 되지 단 게 약이 되질 않는데
그걸 모르는 아둔한 자들이 훗날 후회한들 무슨 소용이 있으리
그런 걸 보면서 현명해지는 법을 생각한다면 그래도 충신이다.
늘 양심을 바르게 하고 살아갈 때 아름다운 끝마무리를 할 수 있다.

2023년 2월 9일

아침은 있다.
아침이면 해가 뜨고 창밖이 밝아온다.
저녁도 있다.
저녁이면 어두움으로 캄캄해진다.

하루는 해 뜨고 질 때가 정확하다.
그런 속에서 인간들이 살아간다.
그런데 인간은 달라도 너무나 다르게 살아간다.

모든 게 있으나 마나다.
인간이 만든 법도 있으나 마나
종교인도 믿으나 마나
언론인도 있으나 마나
정치인도 있으나 마나
예술인도 있으나 마나

개인만 만족(滿足)하면 된다는 식으로 가는
이 현실 앞에 불의를 보고도
말 한 마디 글 한 줄 쓸 줄 모르고
눈치 보느라 흰 눈동자만 이리저리 굴리지 마라.

있으나 마나 한 방관자들의 특기가
지나치면 주변이 서서히 멍들어간다.
불의(不義)와 타협하는 자를 좋다고 말하지 마라.

가장 비굴하고 나약한 자다.

법을 판단하는 데는 정확해야 한다.
사람 봐서 판단하는 게 아닌
행위를 봐서 양심(良心)껏 판단해야 한다.

있으나 마나 법관 종교인들은 일주일간 남과 싸울 것 다 싸우고
욕하고 주일만 되면 교회 천정이 울리도록
'주여!'를 큰 소리로 외치면 종교도 믿으나 마나다.

언론인이 사람 봐서 살리고 죽이는 글로
눈치는 빨라도 양심은 내 몰라라 하면 있으나 마나다.

정치인이 두루 두루 언행의 일치를
모르는 척하는 짓 또한 있으나 마나

예술인들 역시 자기 이름 알리고 인기 있는 그림 글 쓰기 바쁘지
세상살이 관심 없다가 아닌 관심을 가지자로 살아야 진정한 예술인이다.

세상은 함께 살아가는 것이다.
그래야 모든 것이 잘 돌아간다.
있으나 마나가 아닌 꼭 있어야만 되는 필요한 사람으로
나보다 다른 사람을 먼저 생각하고 배려(配慮)하며 살아가자.
그래야만 사람이 사람답다.

2023년 2월 10일

아침에 일어나 눈을 뜨면 곧바로 핸드폰을 보게 된다.
아침 인사 정도는 서로 나누는 마음으로
여유로운 하루를 시작해야 하루가 즐겁다.

정치인 단톡방이나 예술인 단톡방이라고
새벽부터 밤늦게까지 그런 홍보물만 넘쳐난다면 너무 삭막하지 않겠는가?
아침 인사를 나누고도 얼마든지 하루를 활기차게 시작할 수 있다.

서로 인사하고 격려하고 사는 것이 인생이다.
분야별로 주로 하는 게 단톡이다.
정치 예술 산악회 봉사단체 등등 다양하다.

초대된 단톡에 들어가 보면 그 단톡의 분위기와 수준을 알 수 있다.
무슨 일을 하든 어디에 속해 있든
분위기 파악은 할 줄 알며 살아갈 때
멋진 단톡 만들기에 동참하게 된다.

늘 아침 인사로 좋은 기분의 글을 쓰고 싶지만
불가능함을 느낄 때 참으로 슬프다.

좋은 마음이 우러나오는 행복한 사회적 현실을 기대하며
오늘의 아침 인사를 한다.
아침에 만남 대신 글로써 인사하는 멋진 하루를 만들어 가자.

2023년 2월 11일

주말이 되면 더 바쁘기도 하고 편안할 수도 있다.
아무리 바빠도 꼭 만나야 할 사람은 만나야 하며
아무리 한가(閑暇)해도 만나고 싶지 않다면 만나지 말아야 한다.

모든 것은 자신의 생각에서 결정한다.
내가 필요할 때만 상대를 찾으면 소인(小人)배다.
아무 조건도 바라는 바가 없는 젊은 남녀 간 사랑에선 볼 수 있다.

세상 살아가는 데 공짜는 없다.
내가 필요할 때보다 상대가 필요할 때
먼저 찾아 도움을 주는 사람은 대인(大人)이다.

대인에게 쉽지 않은 것은 인내다.
강한 인내도 가장 인간적인 인성에서 나올 수 있다.
바로 이것이 소인과 대인의 차이다.

추운 겨울이 지나면 따뜻한 봄이 온다.
인내 속에서 예쁜 꽃이 핀다.
꽃을 기다리는 마음으로 의미 있는
주말을 보내시길 손 모아 본다.

2023년 2월 12일

오늘은 일요일이다. 일요일이면 교회나 성당엘 간다.
그냥 간다. 일주일간 주변을 어지럽힐 것 다 어지럽히고
이해와 배려보다 조금도 손해 보지 않으려 기를 쓴 한 주를 보냈는데
이익 챙길 것 다 챙기고 거짓말도 진짜같이 달디달게 습관에 젖어
군건한 자세를 흐트리지 않고 할 것 다하고
일요일만 되면 성경책을 끼고 열심히 교회로 간다.
교회 내에서나 밖에서도 아주 신실한 교인이다.
겉보기에는 아주 신뢰가 가지만 마음 속엔
하느님보다 늙은 구렁이가 열댓 마리가 들어 있다.
말은 찰떡같고 달디단데 뭔가가 아니다. 신앙생활만은 열중이다.
종교인으로서 특히 신실한 신앙생활을 하는 신자는
비신자와는 확실하게 달라야 한다.
자신의 양심이 굳지 않는 한 비신자가 종교인들을 보고
스스로 감동을 받아 종교인이 되기를 원하는 모범적 행위를 보일 때
바로 신실한 종교인의 자격이 아닐까?
신에겐 굳은 결심으로 약속하고 돌아서 교회 문밖만 나오면
완전 다른 양면성을 띤 종교인은 제발 종교인이라고 외치지 마라.
먼저 자신을 돌아보면서 기도를 입이 아닌 마음을 다해 기도를 할 때
어떻게 살아갈 것인가 하는 종교인의 참모습이 나오기 때문이다.
오늘도 교회를 간다. 한 번의 기도를 하더라도 간절한 마음으로
근성이 아닌 정성껏 기도를 해야 한다. 종교인은 모든 면에서 달라야 한다.
오늘, 마음은 집에 두고 가지 말고
꼭 마음도 함께 챙겨서 마음 모아 손 모아 보자.

2023년 2월 13일

2월은 가장 짧은 달!
어느새 중순에 접어들고 새로운 한 주가 시작된다.
봄내음이 밀려오니 2월은 더 짧게만 느껴진다.

봄이 오니 좋은 것은 새로운 것을 볼 수 있어서 좋다.
새싹은 파릇파릇 돋아나 예쁜 꽃으로
새롭게 피어나 기쁨을 주건만
인간세계는 그렇지가 못할까?

갈수록 실망이요, 알수록 실망이라
이 어찌 하는 짓마다 한숨이니
실망을 하지 않을 수 없구나.
생각 없고 중심 없으면 실망만 낳고 무너진다.
씨를 뿌리면 뿌린 데서만 싹이 튼다.
돋아난 새싹은 엄동설한에도 버티어낸다.

인간의 마음은 화학적이라 간사하다지만
그래도 너무 간사하면 소멸된다.
중심 잡고 오락가락하지 말고
뿌리내리고 예쁜 꽃을 피울 준비를 굳건히 하자.
오늘이 바로 그런 날이다.

2023년 2월 15일

누군가 아침 인사를 먼저 해 줄 때
참 기분 좋은 하루를 보낼 수 있다.
먼저 한다는 것은 자신에 찬 용기 있는 일이다.

자신감 있는 사람은 다른 사람과는 다르다.
작은 일로 다투기보다 경쟁(競爭)할 줄 안다.

자신보다 약한 사람을 상대로
언짢은 일로 시간 낭비하지 않으며
강한 자를 상대한다.
강하면 자신보다 약한 자를 도우며
동정할 줄 아는 인정이 있다.

상대가 누구냐에 따라 결정지을 줄도 안다.
자신 있는 마음은 상대를 먼저 배려할 줄 안다.

늘 겸손(謙遜)해 하는 사람은 자신감이 넘치며
모든 것을 긍정적으로 생각하기에
어디서나 존경받고 사랑 받는다.

늘 존경과 사랑이 함께하길
오늘도 손 모아 본다.

2023년 2월 16일

봄은 오고 있는데 춘설(春雪)이라
이색적이다.
날씨가 환경(環境)을 바꾸니
환경도 날씨를 바꾸네.

조용할 날이 없구나.
네가 잘못하고 내가 잘 했네.
서로 서로 우기니
참으로 놀라워 날씨마저 놀라고 있다네.

당헌 당규에도 없는 따지기라니
고발이 난무하니 언제나 조용할꼬.
나라 전체가 법속에서만 사는 것 같다네.

부드러움은 간곳없고
악에 받친 자들의 하소연만 흘러나오니
애달프고 애달프구나.

따스한 소통의 봄길로
사뿐사뿐하게 정답게 갈 날을
기다리는 마음이 간절해진다.

2023년 2월 17일

벌써 창밖이 밝아오니 하루해가 길어진 것 같다.
아침 뉴스를 보자니 국민들의 힘든 현실은 어딜 가고
정당들의 난리판을 보자니 멀미가 난다.

동네 한의원이며 작은 의원들이 줄줄이 폐업(廢業)을 하고 있다.
상가들은 물론이고 한 집 건너 '상가임대' 글씨가 붙어 있다.
근래 이렇게 경기가 어려운 것이 처음이란다.

그런 소리는 안 들리는지
여야 싸움질하느라 정신없는 꼴을 보자니 천불만불이 난다.
얼마나 더 망조가 들어야 정신들을 차릴까?

국민들의 머슴이 머슴다워야 혈세(血稅)가 아깝지 않다.
가장 잘 사는 것은 도둑이 없고 법이 필요 없을 때 태평성대다.
어찌 잘나빠진 법조인들이 흔해서
이리도 법을 좋아해 뻑하면 법으로 해결하려니
삭막한 세상이 따로 없다.

나라경제가 밑바닥이다.
여기서 더 내려가려면 계속하던 대로 하고
지금이라도 다들 정신 차릴 때도 되지 않았는가?
제발 현실 파악을 하라.
오늘은 제대로 파악하고 살자.

2023년 2월 18일

긴 겨울 추위 속에서도 파란 싹이 튼다.
아무리 눈 덮인 산골짜기에도 물고랑을 터주는 봄이 오니
지난날이 새삼스레 떠오른다.

사랑스런 자식이 권력보다 더 중요해
미안한 마음 스스로 물러나던 때가 옛날 일
군입대 하나로 최고(最高)의 단계에서 내려와야 했고
미안한 마음으로 모든 걸 포기하고 물러설 줄도 알았다.

수십 억대의 비싼 가치로 부모 잘 만난 금수저 덕에 대가 지불이라
흙수저 부모를 둔 자식들의 탄식 소리는 아랑곳없이 메아리가 된다면
너무나 공평하지 않은 현실이 아닐까?

명품정치인 헐뜯을 것 없어
뻑하면 철새라고 들추던 말새들 떼거리들의 아귀다툼으로
권력차지에 흰 눈동자만이 번들거리는 이 현실
이 또한 가관이다.

요즘은 달라도 너무 달라
미안함보다 뻔뻔함으로 전진이다.
이래도 되는 건가?
언젠가는 자신이 뿌린 대로 다 받게 되어 있다.
정신수양이 더 필요한 시기다.

2023년 2월 19일

오늘은 우수(雨水)
24절기 중 두 번째 절기(節氣)
눈이 녹아서 비나 물이 된다는 날이니
곧 날씨가 풀린다는 뜻이다.
그래서 '우수경칩에 대동강 물이 풀린다'는 말도 생겨났다.

봄이 오며 말하네, 왜 저러냐고
어찌 저리도 실망만 한 보따리 풀어 놓느냐고
얼었던 물도 녹아서 흘러내릴 줄 아는데
그걸 모르고 안하무인이라.

아직도 외줄 타며 혼자 잘 났다네.
손가락질 다 받는 것을 즐기며
살아온 세월이 뻔뻔하기만 하니
가식으로 치장하고 봄맞이를 말하지 마라.

봄은 알아본다.
깊은 속마음까지도
천한 마음, 악한 마음을 알아보니
착한 마음 찾기 힘들어
인공으로 만들어야 할까나.

2023년 2월 21일

기온이 갑자기 뚝 떨어져 차갑습니다.
집을 나설 땐 따뜻한 옷차림을 준비하시며
오늘도 활기찬 하루를 시작합시다.

국토교통부에서 묶어놓은 오래된 법규정에 대해 많은 불만들이 나오는 걸
지방자치단체에서는 현실에 맞지도 않는 무조건적 법안만 들이댄다.
개인 사유지를 얼토당토않게 묶어서 피해를 준다면
이 법은 공정할 수가 없다.

30년이 넘어도 공시지가가 그대로인 임야는
급할 때 은행 담보도 되지 않고 매도는 더더욱 어렵다.
가장 낙후된 충북 옥천군 같은 데는 예나 지금이나 군내 빼고는
달라진 것도 없고 지금까지 열심히 산불 날까 봐
산만 지켜 청정지역이긴 해도 춥고 배고픈 곳이다.

지역이 낙후(落後)된 곳을 살리려는 제도가 현실에 맞게 바뀌어져야 한다.
개인 사유지를 나라에서 마음대로 오래된 법을
고치려고 시도조차도 않는 것은 태만적 탁상행정에 불과하다.

사유재산에 손해를 주고 나라행정에 보탬을 바라는 것은
국민을 기만하는 행위에 불과하다.
현실에 맞는 제도적 개선이 필요하다.

2023년 3월 6일

오늘은 경칩(驚蟄)입니다.
땅속에 들어가서 동면하던 동물들이
깨어나 꿈틀거리기 시작할 무렵입니다.
경칩에는 흙일을 하면 탈이 없다고 해서
벽을 바르거나 담을 쌓기도 하지요

이제 완연한 봄이 왔다.
봄은 생동감이 넘치는 계절이다.
땅속에서 밖으로 나오니 밝은 세상의 빛으로 펼쳐진다.

사람 역시 제각기 다르다.
겉으론 아주 친절하지만 속내는 다른 목적이 있을 수 있고
겉으론 무뚝뚝하지만 알고 보면 인정 많고 따뜻한 사람이 있다.

시끄럽고 요란한 자치고 자신이 불리하면 땅속 깊이 쏙 들어가 있는다.
땅속에서 벗어나 밝은 세상으로 나와서 당당하게 또 떠들어 봐라

이제 들어줄 사람이 없어졌나?
오늘 개구리가 밖으로 나오는 경칩이 아닌가?

조용한 걸 보니 그 요란한 권세도 잠깐이었네.

늘 밝은 기운을 받고 살아야 사람다운 삶을 살 수 있다.
떳떳하고 당당하면 땅속에 숨을 일이 없다.

2023년 3월 10일

좋은 아침입니다.
어제는 날씨가 종일 흐리고 바람이 불었지요?
오늘은 따뜻한 봄날이길 바라며 활기차게 하루를 시작합시다.

현시대는 정보화시대(情報化時代)다.
가정에서나 사회에서도 정보를 모른다면
자연인이나 다름없다.

특히 몇 년간 방콕으로 하여금 사회는 많이도 변했고
자신도 모르게 어느새 달라져 있다.

인간관계는 만남보다 전화나 SNS로 연락하며
일상생활을 단절하다시피 살아왔다 해도 과언이 아니다.

이제는 그와 반대로 활기차게 나아가야 한다.
좋은 것은 원상회복하고 버릴 것은 미련 없이 버려야 한다.
버릴 때 정리가 되기 때문이다.

먼저 해야 할 일이 뭔지 정보를 잘 듣고
현실에 맞게 실천하는 길만이 우리가 해야 할 일이다.
오늘도 좋은 정보를 주고 받으며
기분 좋은 하루를 열어가자.

2023년 3월 12일

편안한 휴일(休日) 아침입니다.
오늘은 전국적으로 비가 내린다지요?
봄비는 새싹이 돋아나는 데 도움이 되는 단비가 되지요?

누구에게나 필요하고 도움이 되는
사람으로 살아야 하는데
그와는 반대로 아주 뻔뻔한 자들이 많아지고 있다.
도움은커녕 방해만 놓는 자들은
단톡에서도 흔하게 볼 수 있다.

공짜 심보가 발동하는데 양심이 있을 리 만무하고
감사를 모르는 이기적인 자들은
원인 제공은 간 곳 없고 화낸 자만 탓한다.
이런 불량(不良) 양심자들을 뻔뻔하다고 한다.

누구에게나 사랑 받으며 살기도 짧은 세상에서
남이 싫어하는 행위를 왜 반복하는가?
영리한 사람은 남이 싫어하는 짓을 반복하지 않는다.

사랑 받고 못 받음은 바로 자신의 몫이다.
사랑을 받는다는 것은 그만큼 큰 운을 받는 것이다.

2023년 3월 13일

꽃샘추위가 찾아왔어요.
기온이 뚝 떨어져 무척 추워졌습니다.
건강에 유의하시며 한 주가 시작되는 월요일
오늘 하루를 활기차게 시작합시다.

'하나를 보면 열을 안다' 는 말이 있다.
그렇다. 그 사람의 행동 하나를 보고 평을 하기 때문이다.
가장 쉽게 그 사람 평을 할 수 있는 것은 약속을 해 보면 알 수 있다.

약속을 정확하게 지킬 때 신뢰(信賴)가 간다.
언행의 일치로써 신뢰감을 준다.
신뢰가 떨어지면 현시대에서 어딜 가도 살아날 수 없기 때문이다.

그 사람의 이미지는 하루 아침에 만들어지는 게 아닌
오랜 세월 속에서 나오는 습관(習慣)이다.
정확한 것도 습관 대충대충 하는 것 역시 습관이다.
좋은 습관 하나는 자신의 자존심이며 바로 인격이다.

이 힘든 현실에 국민들의 속이 다 타들어 가고 있다.
"민생부터 우선 챙기겠다"는 말이 가장 솔깃하게 다가오는
그 말에 공감하며 모두가 주어진 일에
충실하는 모두가 되시길 손 모아 본다.

2023년 3월 14일

하루해가 긴 하루였다면 내가 보낸 시간이며
하루해가 짧았다면 그 또한 내가 보낸 시간이다.

오늘의 해가 길고 짧음은 저녁이 되어 봐야 알게 되고 길고 짧게 여긴 것은
자신이 무엇을 했으며 무슨 생각을 했느냐에 달려 있다.

짧은 하루는 보람 있는 하루가 되지만
긴 하루는 지루한 하루가 된다.

오늘 하루는 누가 만들어 가나?
자신만이 만들어 갈 뿐이며 오직 자신에게 달려 있을 뿐이다.
보람 있는 오늘 하루를 만들자.

2023년 3월 15일

아침에 일어나면 제일 먼저 핸드폰을 본다.
수많은 단톡에서 유튜브마다 제각각 난리법석들이다.
오랜 기간 아침 인사를 나누다 보니 나에겐 개인톡이나
단톡에 힘이 되는 댓글을 보내오는 분들도 계신다.

한두 번도 아니고 계속 오면 날마다 답하기도 힘들 때가 많아
이 단톡으로 초대해 두면 금방 나가서 또 개인톡으로 글을 보낸다.
글의 내용도 별거 없이 나를 힘들게 한다.
3년을 줄창 노래 영상을 보내오는 일면식도 없는 분도 계셔서
이제 그만 보내라 해도 계속 보내와 댓글도 포기하다시피 하고 있다.

내가 관리하는 단톡을 하면서 혈압상승에다 눈까지 많이 나빠져
저번에 아예 폐쇄하려고 해도 80% 이상이 안 나가고 오히려 내가 나가길
기다리는 도둑 심보를 가진 자를 보고서 다시
내가 끝까지 이 단톡을 하기로 결심(決心)했다.

도둑 심보는 밖에만 있는 게 아니고 단톡에도 있음을 알았다.
남이 애써 만들어 놓은 데 초대받으면 손님으로서 예의를 지키는 게
당연할 줄 알았는데 이게 아닌 손님이 건방스럽게 날뛰면서
공지까지 내리고 자기네 홍보물을 뻔뻔하게 내건다.
싫으면 나가면 되고, 있으려면 단톡의 규칙을 따라야 기본을 갖춘 사람이다.
단톡에 함께함에 감사는 못할망정 방해꾼은 되지 않는 게 양심이 아닐까?
이런 자가 없어져야 사회도 밝아진다.

2023년 3월 16일

조석으로 아직도 차갑기만 하니
봄이긴 한데 윤달이 겹쳐 2월이 또 오는 탓일까?
얽히고 설킨 복잡한 세상살이가 어지럽고 멀미난다.

잔칫날 배부르기를 기다리다
오늘 당장 배고파 허기지니
오늘 하루가 걱정이구나.
개미군단은 아예 밑바닥에 깔려
찍소리도 한 마디 할 기력조차 잃어간다.

전문가(專門家) 타령 마라.
전문가는 허우적거리고 힘들어 하는
사람들을 구하는 자가 전문가이지
온통 힘들어도 점잖게 입 닫고
눈 감고 있는 전문가는 있으나 마나다.

존재감이 없는 있으나 마나로
완장을 차서도 안 되고 입 닫고 눈 감고
침묵으로 아까운 시간들 흘려보내서도 안 된다.
너무 설치는 것도 문제지만 눈을 내리까는 것도 문제다.

상황에 따라 대처하는 눈치라도 있어야 숨이라도 쉴 게 아닌가?
이당 저당 서로 핑계대지 말고 살고 있는 지역 현장으로 나가
민심을 듣는 귀를 열어라. 참으로 애달프다.

2023년 3월 17일

어느새 삼월 중반에 접어들었네요.
시간은 기다려 주지 않습니다.
시간에 맞춰 따라갈 수밖에 없는
하루하루를 보람 있게 보내야 후회가 없습니다.

인생 살다가 마지막 가는 길은 누구나 똑같다.
돈이 많은 자나 권력이 있는 자도 역시 똑같다.

가장 어리석은 생각을 하는 게 사람이다.
천 년 만 년 사는 것도 아니건만
죽는 날까지 욕심을 부리다 간다.

오죽하면 보다 못한 자손이
양심선언까지 하게 살다 가서는 안 된다.
권력과 돈은 후세까지 따라가지 않는다.
양심을 저버리며 살아서는 안 된다.

훗날에 가문(家門)의 영광은 현재 눈앞에
보이는 권력과 부가 아닌 후손 만대
태평성대(太平聖代)하게 후손이 편안하고
떳떳하게 잘 사는 것이 진정 가문의 영광이다.

2023년 3월 18일

하루하루가 무탈하고 편안하게 지나가기를 바라지만
생각지도 않은 일들이 곳곳에서 일어나고 있다.

상상(想像)도 못할 일들이 일어나는데
보고 들으며 사람이라면 분노를 느끼지 않을 수가 없다.
언제까지 이렇게 살아야 하는가?

수많은 단톡에서는 별의별 사건으로 해서
유튜브나 영상으로 난리가 나고 있다.
눈이 있는 한 안 볼 수가 없고 외면할 수 없는 극적 장면들을 보고
상관없는 일이라고 외면하기는 너무나 어처구니가 없다.

이렇게도 무너지고 있는 원인이 무얼까?
잘난 체하는 자들이 답을 내놓을 차례다.

그리고 해결(解決)해야 할 차례다.
아이도 어른도 구분 없는 비정상과
정상적인 것에 답은 누가 내놓을 것인가?
참으로 가슴 아픈 현실이다.

아침 인사가 이런 글이 되어서
행복한 분들께 죄송스러운 마음 전하며
다 함께 현실에 대한 문제에 깊게 생각해 보는 주말은 어떨까?

2023년 3월 19일

꽃샘추위가 아침저녁이면 더욱더 기세(氣勢)를 부린다.
한낮이면 언제 그랬냐는 듯 따뜻한 봄날을 드러낸다.

하루 동안도 시간마다 다르듯이 사람의 감정 또한 변덕이 죽 끓게 한다.
자신의 상황에 따라 요래조래 마술쟁이도 울고 간다.

마음 수양할 시간에 폰을 보고 SNS로 모든 것을 다 보고 얻고자 한다.
바쁘다. 오늘도 손가락은 여전히 바쁘고 눈이 피로에 지쳐 간다.

깊게 생각할 시간이 없는 이것이 현대사회를 살아가는 사람들의 모습이다.
아파트 빌딩 숲속에서 틈나는 대로 핸드폰과 마주하기에 바쁘고
밤하늘의 별 대신 환한 가로등이 먼저 눈에 들어오는데
무슨 감성이 생길 리 만무하다.

이런 일상생활 속에서 바쁜 정신은
알게 모르게 병들어 가서 이해 못하는 자들의 출연이 연속되는
놀라운 삶을 오늘도 살기에 깊게 생각할 여유가 없다.

춥고 배고픔이 아닌 정신의 나약함 속에서
건강도 서서히 병들어 가고 있다.
환경을 바꿀 수 없다면 스스로 자신의 마음에
환경을 꾸미는 휴일로 만들어 가며 살 수밖에 없다.

2023년 3월 21일

오늘은 춘분(春分)이다.
오늘부터 낮밤 길이나 추위와 더위가 같아진다.

우리 조상님들은 이 절기를 전후로 농사를 시작했다.
농가에서는 봄보리를 갈고 춘경(春耕)을 하며
들나물을 캐 먹었다고 전해진다.

추위와 더위가 같다는 춘분을 맞아
옛날엔 농사일을 시작했지만
지금은 농사보다 산업화 시대에 살고 있기에
인간과의 관계성이 더 중요하다.

어떤 사업을 하든 오너로서는 책임을 다해야 하지만
직원들 역시 내 일같이 주인의식으로
책임을 다할 때 나날이 발전한다.

모든 일을 대충대충 하고 아까운
시간만 흘려 보낸다면 무슨 성과를 기대하겠는가?
일을 할 땐 열심히 최선을 다해 최고가 되는
그런 사람들을 응원하는 바로 오늘이 되기를 바라본다.

2023년 3월 22일

좋은 계절에 맞추어 얼굴이 제대로 보인다.
벌금(罰金)까지 따르고 왕따까지 시키던 그 마스크를 공공장소에서는
벗어버려라 했건만 그래도 무슨 미련이 남아 아직 다
벗지를 않고 있는 것은 습관(習慣)이 된 것일까?

거리로 나가 보니 아직도 얼굴 가린
꽃망울이 필 것인가, 말 것인가 망설이고 있다.
그렇다. 얼마나 힘들게 가리던 게 아닌가?
쉽게 벗기가 멋쩍은지도 모른다.

갑작스러움은 당황하고 낯설 수 있다면 서서히 내려놓아도 괜찮다.
망설인다고 또 벌금을 매기지는 않겠지?
모두가 함께하는 마음의 의미가 커지는 것은 우리 자신에게 달려 있다.

2023년 3월 23일

언제나 마음 편안하게 사는 것은 좋은 사람들과 함께하는 순간이다.
까칠하게 흠집만 잡는 자들은 피곤하다.

글의 내용은 상관 않고 글 쓰다 오타 한 자만 보고
눈을 휘둥그레 뜨지를 마라.
내용을 볼 줄 알아라.
숲을 보는 것이 중요하며 단점보다 장점을 볼 줄 알아야 한다.

큰 소리로 화낸다고 그 사람 싸움쟁이로 평하지 마라.
원인 제공한 야비함이 숨어 있지 않나를 판단할 줄 알아야 한다.

겉모습만 보고 판단하고 난 뒤 돌아서서 비판하지 말고 직접 하면 된다.
이런 자들이 대부분 한 가지 전문 지식 하나로
잘난 체 엄청 울궈 먹는 자들이다.

지식과 지혜(智慧)는 다르다.
지혜로움에 깊은 생각을 하게 될 때 존경을 받게 된다.
전문지식 하나로 잘 났다가 아닌
아홉 가지를 담고 있는 지혜를 깨달을 줄 알 때 비로소 대성한다.

하찮게 생각지 않는 데서 지혜로운 하루가 된다.
존경할 만하고 대인이 없어져 가는 세상에
지혜의 꽃이 활짝 피는 대인이 되길 손 모아 본다.

2023년 3월 24일

아침 인사는 기분 좋게 해야 하루가 밝다.
단톡마다 미쳐 날뛰는 몇 명에 신경 쓸 것 없다.

예방접종(豫防接種)을 잘못 한 탓인지
미쳐 날뛰는 미꾸라지들이 단톡마다 들어있어 심심하지는 않다.
조용할라치면 미쳐 날뛰는
뻔뻔하고 불쌍한 미꾸라지가 춥고 배고픈가 보다.

두목 말 듣고 충성한다는 게 고작
단톡 어지럽히며 방해하는 똘마니 짓이니
두목이나 똘마니나 이런 자부터
정치하는 근방에 얼씬도 못하게 해야 한다.

잔머리 굴리기 선수이다 보니
프로필이며 이름도 가면으로
성도 팔아먹고 가짜 이름표를 달고 나타난다.
참으로 가관이다.

똘마니를 해도 괜찮은 두목에게 충성을 하라.
산적 두목한테 해 봤자 나중에 남는 게 없다.
헛수고 말고 시간을 아끼고 마음을 아껴야
불쌍한 현실에서 벗어날 수 있다.
바로 오늘이 그런 불쌍한 똘마니 구하는 날이다.

2023년 3월 27일

한 주가 새롭게 시작되는 월요일 아침입니다.
반짝 꽃샘추위로 차가운 아침
건강(健康)에 유의하시며 활기차게 오늘을 시작합시다.

누가 진짜이며 누가 가짜란 말인가?
얼굴 가리고 이름 바꾸고 폰 몇 개의 주인공이 되어
양심 속이고 성도 이름도 바뀌가며 도깨비가 되어
여기 기웃 저기 기웃거리는 한심하기 짝이 없는 좀비들 때문에
힘든 현실이 더욱더 어지럽다.
좀비들이 판을 치니 무슨 일을 제대로 할꼬.

최선이 고작 이렇게 밖에 갈 수 없는
현실을 바라만 보고 있자니 천불만불이 난다.
최선의 길이 아니라 망조의 길을 가지 마라.
갈팡질팡 허둥대지 말고 중심을 잡아라.
중심 없고 용기 없는데 뭔들 한들 제대로 되겠는가?
총선인지 총알인지 어디로 날아갈까 봐 눈치 보느라
멀뚱거리며 여야가 있으나 마나다.

이 힘든 경제로 허덕이는 민생은
간곳없고 엉뚱한 소리만 외치는 한심한 자들이여!
내일보다 오늘에 충실하라.
번쩍이는 수많은 눈동자가 다 보고 있음을 명심해라.

2023년 3월 28일

아침이고 늦은 밤까지 여기 저기
비판의 글로 단톡 분위기를 흐리는 불쌍한 자들아!
어디가 흑이고 어디가 백인가?
이렇게 어지럽게 만든 자들이 때로는 쥐구멍에 쏙 들어가고

어지러운 민생(民生)들은 당장 해결하기에 바빠
소액생계비 대출이 시작되자마자
많은 인원들이 구름떼같이 몰려들고 있다니
얼마나 어려우면 이삼십만 원의 대출도 비싼 이자를 내고서
줄을 선다니 참으로 안타깝고 기가 찰 일이다.

무엇을 먼저 해야 할 일인지
된장인지 똥인지 구분도 못하는
한심하기 짝이 없는 애비에미
쥐들은 쥐구멍에 틀어박혀 있고
쥐새끼들은 지금도 먹잇감 구하기에 열중이다.

배고파서 사방으로 휘젓거나 쥐약 먹고 물을 안 마셔서 휘젓기다.
적군인지 아군인지 쥐꼬리만큼 헷갈리긴 하지만
역시 생쥐들은 불쌍타.
현재의 이 힘든 시간을 소중히 생각해야 한다.

2023년 3월 29일

어느새 벚꽃이 만개(滿開)하다니
노란 개나리기가 활짝 피고
진달래가 필 때쯤이나 꽃을 보러 갈려나?
뭣에 매달려 허송세월 보내나
보낼 만큼 보냈지 않는가?

이러면 어떻고 저런들 어떠하리
못 본 체하면 되는 걸
눈 안에 들어오는 곱디고운 꽃은
어디 가고 볼썽 사나운 몰골만 눈에 들어오니
이 꼴을 어찌 외면하리.

꽃을 보러 갈 때는 마음 편히 가야
그 꽃이 더욱 정겹고 아름다운데
울적한 마음으로 꽃을 본들 그 꽃이 고울 리 만무하다.

소식 없던 제비가 그냥 찾아올 리 없고
편안한 마음 전하며 반가워 달려 나와
기쁜 소식만 전하려무나.

슬프고 지친 소식 대신 고운 꽃 소식만 전해 다오.
지친 마음을 다스리며 허송세월 막아 보자.
마음 꽃을 담는 의미 있는 오늘을 힘껏 응원해 본다.

2023년 3월 30일

어느덧 3월도 막바지에 접어들었건만
변한 건 깊은 한숨 소리만 높아가네.
신뢰는 메마르고 감성은 사막이라

철이 들지 않아 순진한 건가?
원래 기본 인성(人性)이 미숙아로 살아온 탓일까?
건방 속에서 사람 냄새란 도저히
맡아 볼 수가 없고 다들 잘 났다네.

뭐가 그리도 잘 났다고 휘젓는가?
오나 가나 약 먹고 물 안 마신 생쥐 떼거리가
밤낮없이 뺑뺑이를 돈다.
무슨 한이 그리도 많이 맺혀 굿판을 벌리나.

사람 사는 세상에 언제부터
도깨비가 날뛰니 누구를 믿고 신뢰하겠는가?
욕심이 목까지 차 오른 자들이 남 탓만 하고 내 탓은 없다네.

누구를 믿고 신뢰를 해야 하는가?
도깨비들이 굿판을 벌리건만
흔해빠진 법이 무색하다.
참으로 멀미나는 세상이다.

문고리 _ 해수 손점암

참으로 든든하다
잡아당겨도 열어지지 않네

힘껏 잡아당기다
나만 뒤로
벌러덩

힘주지 않고 잡아당기니
썩어빠진 문짝이 와르르
무너져 내리네

내 손에 잡히는 것
문고리만

제 2 부

꿈이 자라는 나무

2023년 4월 1일

나무마다 푸른 빛 옷으로 갈아입는다.
4월의 첫날 아침을 맞아 새로운 마음가짐으로
상쾌한 아침을 맞이하자.
마음가짐은 자신만이 할 수 있기에 굳은 각오가 필요하다.

나쁜 버릇을 일삼는 것도 습관(習慣)이며
좋은 습관이 몸에 배도록 하는 것 역시 습관이다.
이왕이면 좋은 습관으로 살아가도록
스스로 점검하며 살아가야 한다.

꿈인지 생신인지 헷갈리게 하는
이중성 습관으로 살아가도록 만든
원인부터 바로 잡지 않는 한
온통 세상은 어지러울 수밖에 없다.

거짓으로 포장하지 말고 진심으로 살아가도록
마음 수양을 할 때 사람으로 보인다.
사람은 사람다울 때 새로운 4월도 보인다.
바로 오늘이 그런 4월의 첫날이다.

2023년 4월 2일

봄볕처럼 따뜻해야 한다.
햇빛은 창을 뚫고 집안으로 들어간다.
글을 쓰려면 가슴에 와 닿는 글을 쓸 때 감성을 울린다.
기도(祈禱)를 할려면 입에서 마음을 뚫는 기도를 하라.

유튜브 역시 만들려면 겉 제목만 난리났다고 떠벌리지 말고
속 알맹이가 난리날 만한 내용만 쓰라.
'좋아요'로 많은 구독으로 돈벌이에 눈 멀지 말고 알찬 내용
확실한 내용으로 감사한 마음이 들어 스스로 '좋아요'를 누르게 하라.
아군이 아군끼리 싸움질해 봤자 손해만 클 뿐
적군을 잘 살피고 대비할 줄 아는 것이 이기는 길이다.
단톡에 글을 올릴 때 그 단톡방에 맞춤으로 유튜브를 올리며
눈치팔이 하지 마라, 다 눈에 들어온다.
사람은 사람다워야 한다.
손해 보기보다 이익에 밝으면 간사(奸詐)함으로 보이기 쉽고
싫은 소리 한 마디 못하고 눈치 보기 바빠진다.
간신들의 눈치는 백단이요,
싫은 소리 하는 자를 가까이 하고 단소리 하는 자는 멀리 해야 훗날 후회가 없다.
싫은 소리도 용기가 있어야 한다.

우직한 자는 눈치 보기보다 깊은 마음 움직이기가 천근이니
마음이 가벼운 자는 매사에 가벼워 후회가 많은 법이다.
늘 깊게 생각하며 지혜로운 법을 배우려 노력하며 살자.

2023년 4월 3일

미래(未來)는 드론 시대다.
우리나라는 드론 판매상을 찾기마저도 어렵고
중국산을 많이 선호하며 그나마 인터넷으로 사야 한다.

아직도 우리나라는 드론 사용이 너무나 미흡(未洽)하다.
드론이 고장나도 수리를 맡기는 곳을 찾기도 힘들고
드론 자격증을 따도 연습을 마땅히 할 곳이 없다.

제한구역이 너무 많기에 더욱 드론 연습할 장소가 마땅치 않다.
우크라이나 전쟁을 보면서 앞으로는
드론 전쟁을 하게 될 수밖에 없다는 생각을 하게 된다.

우크라이나 나라에서 드론동우회가 나서서
전쟁에 참가했다는 소식을 접하니 군인들의 드론기술을
우리나라는 무조건 교육해야 하지 않을까 하는 생각을 해 본다.

미국과 중국의 드론 활성화로 러시아에 디제이아이(DJI)가
우크라이나 전쟁터에서 발견되었다니
총들고 탱크로 전쟁하던 시대는 이미 지났다.
시대에 맞는 무기로 빠른 움직임이 필요하다.

한 주를 시작하는 보람 있는 월요일
활기찬 오늘 하루를 응원한다.

2023년 4월 4일

만개한 벚꽃은 봄바람에 휘날려 꽃비가 되어 소리 없이 내리니
바라보는 눈으로 감탄이 저절로 나온다.

비가 오는 것보다 봄바람 부는 게 훨씬 아름답다.
바람이 도와주니 비가 오는 것보다
보기 좋게 꽃비가 되어 내린다.
봄바람은 후덕(厚德)하게 멋을 안다.

멋은 요란하게 보이지 않는다.
마음의 멋이 값지며 겉멋에 사로 잡히면
가벼워서 봄바람에도 사라져 버린다.

겉모습이나 속마음을 늘 무겁게 관리할 줄 알아야
멋진 이미지의 주인공이 된다.
가벼워서 봄바람에도 날아가지 않게
봄꽃으로 마음 닦는 일을 하고 살아가자.

세상의 화려한 겉모습에 시야를 뺏기고 갈수록 후회하며
속마음에 날이 가면 질식해 버리는 자신의 안목을 탓하라.

누구를 탓하나, 모든 게 내 탓이다.
부족한 안목(眼目)으로 원망하면 자신만 힘들어져 간다.
늘 마음 살피며 실속 있게 살아가는 봄꽃같이 살자.

2023년 4월 5일

오늘은 식목일(植木日)이다.
푸른 산 가꾸기 운동이 한창이란 말은 옛말이 되었고
산불만이 식목일을 대신한다.

가뭄으로 애를 태우더니 밤 사이 단비가 내리고 있다.
가뭄을 해결하고 지금 내리고 있는 비로
산불피해가 더 이상 생기지 않기를 바라는 마음 간절하다.

아무리 가물어도 그렇지, 산불이 이리도 여러 군데
동시다발적으로 일어나다니 참으로 기가 찰 노릇이 아닐 수 없다.
원인 규명을 확실하게 밝혀내야만 한다.
자연적 현상이라기에는 너무나 문제가 있어 보인다.

좋은 정보로 발전하려는 유튜브는 하나 없고
여야 헐뜯는 소리뿐이니
늘 변한 줄 모르는 한심한 '좋아요'를 오늘도 눌러달란다.
스트레스를 듬뿍 주고 '좋아요'로 답해 달라고 하는
염치없는 유튜브들의 내용도 바뀌어져야 한다.

산림청에서 사유지까지 열심히 나무가꾸기를 이제껏 해 오더니
산불로 식목일을 맞이하니 이걸 두고 도로아미타불이라 하던가?
요 며칠 새 많은 산불이 여기저기서 일어나다니 어의가 없다.
앞으로 국민들의 마음을 단비로 씻겨주는 희망의 나무를 심기를 바라본다.

2023년 4월 6일

단비로 메말랐던 대지를 적시니
금세 파릇파릇한 새싹이 돋아나 보인다.
궁해 봐야 귀한 걸 알게 되고 후회해 봐야 깨달을 줄 안다.

아무리 신실한 종교인도 기도할 때만 입에서 큰소리 내어
습관적인 기도를 하고는 돌아서자마자 언제 그랬냐는 듯
돈과 이익 앞에는 사나운 맹수가 울고 갈 정도로
이웃도 모르고 싸움질로 주변을 어지럽게 만든다.

앉을 자리 누울 자리도 구분 못하니
앞과 뒤를 구분하기는 더욱 힘들어
공동체(共同體)에서는 아주 고상한 척 가식적 미소와
맘에 없는 말을 다 하며 의뭉을 떤다.

이 모든 것은 착각과 욕심으로
잘못된 생각에서 나오는 것이건만 정작 자신은 모른다.
아무리 착각은 자유라지만 언행의 일치로 살아야 한다.
언행의 일치가 되지 않는 것이 바로 도둑심보다.

가장 가까운 주변에서 자신이 어떤지 알고 싶으면
얼마나 당신을 반가이 대하느냐를 직시할 줄 알 때 바로 당신을 말해 준다.
생각은 깊고 욕심을 버릴 때 단비가 되고
진실한 종교인이 될 수 있다.

2023년 4월 7일

비 온 뒤의 변화는 흐드러지게 핀 꽃들마저
간곳없이 길바닥에 쓰러져 누워 있으니
처량하기 짝이 없어
어느 누가 바라봐 줄까?

잘 나갈 때일수록 잘난 체하지 말고
교만 떨지 말고 겸손해야 한다.
빗물에 젖어 길바닥에 떨어진 꽃잎을
주울 사람은 아무도 없다.
예쁜 꽃은 밟히기 전에 감탄하며 쳐다본다.

쳐다봐 줄 때 감탄하니 내려다볼 때 슬픔을 감수하라.
기쁨보다 슬픔이 더 오래 간다.
봄이라고 씨앗을 아무 곳에나 뿌리지 마라.

민들레 홀씨 되어 외국까지 잘나빠진
씨앗 날리고 다닌 양심(良心) 없는 남자들이여!
책임 있게 살아야 저주받지 않고 복을 받는다.

비가 오나 눈이 오나 쳐다보는 인생을 살도록
겸손을 양심에 심고 책임을 심어보는
봄에는 파란 싹이 집 앞 텃밭에 나오도록 제대로 살자.

2023년 4월 8일

파릇파릇한 새싹이 돋아나는 이맘때가 싱그럽다.
싱그러움은 살아있음을 느낄 수 있기에 활력이 된다

모든 것에서 살아있음을 느껴야 한다.
오래 된 인연도 긴 세월만 먹고 지낸
있으나 마나한 그런 인연이 있는가 하면
자신이 필요할 때만 가끔 나타나서 생각나게 하는
염치없는 인연도 있다.

잘 나갈 때 언제 봤냐며 눈 내리깔 땐 언제고
힘들 때만 찾지 마라.
인연의 소중함을 알기에 힘들어도
힘든 내색 않고 오랜만에 보낸 소식에
마지못해 반가워하는 것이 소중함을 아는
좋은 인연이 되는 게 아닐까?

내가 필요하면 상대는 필요 없을 수도 있다.
스스로 소중한 사람을 만드는 것은
상대를 먼저 찾고 먼저 나눌 줄 알아야 한다.
떠받들기를 원치 않고 솔선수범해서 행함을
먼저 실천하며 살아야 한다.

2023년 4월 9일

포근한 봄날 휴일 아침은 편안한 마음이 들다가도
그 마음도 잠깐이다.
문명이 만들어 낸 없어서는 안 될
도깨비 폰 상자를 보는 순간 머릿속이 복잡해진다.

새로운 것도 있지만 놀라운 일도 많다.
편리하면서도 불편하게 하는
도깨비 상자와 뗄래야 뗄 수 없는 현시대에 우리는 살고 있다.

많은 정보를 들어서 좋을 때보다
듣지 않아도 될 소리를 듣고 더 혼란스러울 때가 많다.
기쁘고 좋은 소식은 없고
늘 이쪽 저쪽 서로 단점들만 헐뜯는 소리들뿐이다.

때로는 종교단체에 들어가 있는 느낌을 주는
유튜브들이 지나치다 못해 눈살을 찌푸리게 한다.
타종교인도 생각하며 무종교인 생각도 하는
배려부터 할 줄 아는 참다운 신앙심이 우선이라 생각된다.
지나침은 모자람만 못하다.

도깨비 폰을 보자니 기분이 착잡해진다.
휴일만은 기분 좋고 편안하게 보낼 수 있도록
좋은 글로 모두가 편안한 휴일이 되었음 한다.

2023년 4월 10일

한 주가 시작되는 월요일 아침입니다.
조석으로 기온차가 남으로 건강에 유의하시고
활기찬 하루를 시작합시다.

집안이 편안해야 밖에서 하는 일도 잘 된다.
부부가 노력하며 성실하게 살아갈 때 자손도 알게 모르게
성실하게 손가락질 안 받고 잘 살아간다.

부모(父母)를 알고 싶으면 그 자식(子息)을 보고
자식을 알고 싶으면 그 부모를 보면 안다.
유명한 인사들이나 돈 많은 집 자식들이
외국 유학을 보내면 성공하는 자식도 있지만
마약 중독자로 신세 망치며 가문에 먹칠을 하고
부모 얼굴도 못 들게 하는 자녀들이 흔한 세상이 되고 있다.

자식이 말썽을 부려 잘못 되면 그를 보는 많은 사람들은
부모의 삶을 보는 것과도 같다고 생각한다.
자식 나무라기보다 부모의 책임을 깨달아야 한다.
집안이 화목하게 잘 살아갈 때 자식도 성실히 반듯하게 살아간다.
세상 어른들이여! 미래를 생각한다면 오늘을 올바르게 살자.

바로 그것이 가정교육이고 후손에게
가정과 나라를 사랑하는 법을 가르치는 좋은 길이다.

2023년 4월 11일

비 온 뒤에는 푸른 나무 잎은 눈에 들어오는데
말썽 많고 시끄러운 소음들은 사라질 줄 모르고
기다리다 지쳐가니 심란(心亂)스러운 마음 가눌 길 없다.

무슨 일을 하든 하나를 해도 제대로 해라.
하는 둥 마는 둥 대충대충 얼렁뚱땅 넘어가지 말고
건성으로 하지 말며 정성(精誠)으로 해도 힘들다.

정성으로 하다 보면 안 되는 일 없고
건성으로 하다 보면 실패가 따르게 마련이니
얼마나 간절하냐가 중요하다.

간절하면 정성의 힘이 저절로 나온다.
나날이 정성은 연기처럼 사라지고
과욕으로 인한 불씨만 남아 꺼질 줄 모르는
이 현실에서 빨리 벗어날 줄도 알아야 한다.

답답하고 암담함이 언제까지 갈 것인지?
앞은 보이질 않고 온통 먹구름만 끼어 곧 폭우라도 쏟아질 기세라
따뜻한 봄볕이 내리쬐길 정성으로 손 모아 본다.

2023년 4월 12일

봄바람치고는 세차게 부는
바람과 함께 또 산불이 나다니
불과 며칠도 안 돼서 또 불이라니!

원인(原因)과 산불 낸 자의 처벌문제는
명확히 밝혀내지는 않고
활활 타오르는 산불만 뉴스에 나온다.
방화범(放火犯)을 잡았다면 어떤 원인 설명이
정확하게 나와야 한다.

원인을 제공한 자가 없지 않을 텐데도
어떤 조치를 하는 게 안 보여 답답하다.
원인 없는 결과는 있을 수 없으며
이렇게 산불이 심하게 전국에서 동시다발적으로 난 적이
언제 있었던 말인가?

그리고 산불에 대한 원인 해명에도 나서야 하는 게 당연하다.
4월에만 벌써 얼마나 많은 산불이 났는데
어떤 징벌적 책임이 불투명해 보인다.

강 건너 불구경할 때가 아니다.
이러다 남아나는 산이 있을까?
모두가 참으로 걱정되며 답답하기만 하다.

2023년 4월 13일

미세먼지로 하늘이 보이질 않고
안개 낀 거리는 온통 뿌옇기만 하니
밖으로 나가실 때 유의하시길 바랍니다.

"털어서 먼지 안 나는 사람 없다" 라는 옛말이 있다.
남의 먼지 털려 들지 말고 자신부터 먼저 털고 다듬어라.

곱게 보면 곱기만 하고 밉게 보면 이 또한 한이 없다.
내가 먼저 도움 되어 주지 못했으면
누구에게도 의지하려 들지 말아야
바라는 것도 없어지고 서운한 것도 없어진다.

잘 나갈 때는 많은 사람들이 모이지만
힘들어지면 다 떠나가는 법
수천 명의 제자들도 예수님 곁을 다 떠나가고 몇 명만 남았는데
자신이 살기도 힘든데 누굴 찾고 따르랴.

총선 총선 난리치지 말고 평상시에
누구에게나 신뢰받고 도움 되게 살았다면
떠들지 않아도 유권자(有權者)가 다 알아서 만들어 준다.

목에 힘주고 교만 떨다 선거 때만 되면
갑자기 돌변해서 안 하던 일 해 봤자 어색하기 그지 없다.
늘 겸손하고 감사하는 마음으로 오늘에 최선을 다해서
서로 도우려는 사람들이 몰려올 때를 생각하며 살아가야 한다.

2023년 4월 14일

눈뜨자마자 핸드폰을 마주하며
혼자 놀아도 전혀 심심할 시간 없이 바쁘게 하는 핸드폰이 아닌가?
이제는 우리의 일상생활이 되었다. 핸드폰이 있기에 바쁘다.
많은 소식 속에서도 정치 소식을 볼 때면 한심하기 짝이 없다.
여야가 무조건 감싸며 두둔할 걸 해야지
무조건적인 것은 어느 나라 법인가?
도대체 국민을 위한 정치인인가? 정당을 위한 정치인들인가?

완장만 차면 눈에 보이는 것 없이 교만이 알게 모르게 차올라
입에서 나오는 대로 말하고 건방스런 태도로 국민을 대하는
인성 함량 미달을 보면서 안타까운 마음마저 든다.
이당 저당 모조리 당들이 하는 짓을 보고 있자니
아무리 정치를 모른다 해도 부정 긍정적 모양새는 판단할 줄 알아야지
내 자식이라고 감싸다 보면 그런 자식의 훗날 인생은 불 보듯 뻔하다.
그와 마찬가지로 정치인이 떳떳하지 못하게 가명 쓰고 단톡에 나타나
비난에 열 올리지 말고 당당하게 실명 쓰고 할 말하고 살아야 정상이다.

간신 좋아하는 자들의 앞날은 보나마나 뻔하다.
밝은 미래로 나가고 싶다면 바른 소리인지 헛소리인지
구분하는 대인이 없는 것 같아 참으로 안타깝다.
눈치 백단보다 제대로 된 정치 일단을
유권자는 더 좋아한다는 사실을 알았음 한다.
바로 그런 사람을 선택하며 응원한다.

2023년 4월 15일

아침 인사가 제대로 곱게 안 나온다.
미쳐 날뛰는 방해자들이 여기저기에서 춤을 추고 있다.
미쳐 날뛰는 데는 몽둥이가 약이라던가?

단톡마다 오픈단톡 초대가 너도나도 판을 쳐서 들어가 보니
나라 위해 앞날 걱정하는 건 하나도 없고
비판의 글로 난장판만이 활개를 치니 온통 혼란스럽다.

보는 눈 참으로 답답하고 멀미난다.
험난하게 만든 자들이 판치는 세상이 되고
있는 원인 진실보다 거짓이 발달되는 것을
능력이라 믿는 자들 역시 문제다.

권력과 돈이라면 양심과 자존심은 거추장스러움으로 생각하는
짐승보다 못한 탈을 쓴 쓰레기 족속들이 있는 한
이 세상은 편안하게 살 수 없다.

잊을 만하면 미쳐 날뛰는 신들린 악마들 때문에
선한 마음보다 분한 마음만 앞서지 않기를 오늘도 손 모아 본다.

2023년 4월 17일

아침이면 창밖이 밝아오고 저녁이면 어두워 온다.
정확하게 해는 아침이면 동쪽에서 떠오르고
저녁이면 서산으로 진다.

인간은 그렇지 않다.
정확한 걸 싫어한다.
아침저녁 구분하는 것조차도 모른다.
앉을 자리 누울 자리도 모른다.

남의 것도 내 것이고 내 것은 내 것이라고 한다.
남의 것이 내 것이 안 되면 교육시키려 들고 그냥 우겨댄다.

자신이 말하고 행동하는 건 다 옳고
남이 하는 건 다 맞지 않다고 부정적이다.
도깨비들이 활개를 쳐도 멍하니 바라만 볼 수밖에 없다.
참으로 어이가 없다.
언제부터 이런 혼란스러운 일로 힘들어 하며 살아가고 있는가?

사람들이 사는가?
도깨비들이 사는 세상인가?
욕심과 교만은 도깨비들의 놀이터가 되고
겸손과 감사는 사라져 가니 너무나 애달프고 가슴이 아프다.
옳고 그름의 판단능력은 상실해도 오늘 아침 해는 정확하게 떴다.

2023년 4월 19일

비 온 뒤에 나뭇가지는 파란 잎으로 옷을 갈아입었다.
새로워 보여서 좋다.
새로운 만큼 기대도 크다.

많은 사람중에서도 눈에 띄는 사람은 열정과 미래가 있다.
시대가 아무리 변해도 눈에 들어오는 사람과 손을 잡아라.

그 사람만이 수백 명의 몫을 해내는 기술이 있다.
그리고 흥망(興亡)이 달려 있다.
많은 사람이 필요치 않다.
자리만 차지하는 나태한 태도는
입에 넣어줄 때 먹는 법을 안다.
현재 우리 곁에 얼마나 애가 타는 민원들이 급증하고 있는가?

교량붕괴 사고며 전세주택 문제 등등
각박한 현실 민원처리가 속 시원하게 처리되질 않아서
거기에 따른 사고가 또 일어나고 있는
민생들의 어처구니없는 현실이다.

무능력해서 말 잘 듣는 자 백 명보다 할 말하고 할 일 알아서
척척 찾아 미리 막아내는 한 사람이 더 귀함을 알아야 한다.

보기도 찾기도 힘들지만 한 사람이 열 몫을 한다는 사실은 변함없다.
어딜 가도 꼭 필요한 사람이 되자.

2023년 4월 20일

오늘은 곡우(穀雨)다.
봄비가 잘 내리고 백곡이 윤택해진다는 곡우가 되어도 가물면
땅이 석자가 마른다는 말처럼 그해 농사를 망친다.

가뭄으로 논바닥이 갈라지는 곳에 흠뻑 적셔주는 비가 오길 바란다.
풍년이 될려면 비와 햇빛이 꼭 필요하다.
농사는 거짓말을 안 한다.

돈으로 비가 내리면 이 세상이 어떨까?
돈이란 뭘까?
돈 앞에서는 눈에 뵈는 게 없다.
참다운 정승도 없고 스승도 없는 오직 돈이 전부다.
돈 앞에서는 무조건 굴복이다.

돈의 가치를 더럽히는 것은 수많은 사람들이 만지기 때문에
세탁이 필요하고 세탁하고 나면
깔끔하면 참 좋으련만 그렇지가 않고 더 지저분해 보인다.

비가 돈으로 내리든지 흠뻑 비가 쏟아져
돈을 깨끗이 씻겨 주면 좋을 텐데
"돈은 목적이 되어서는 안 되며 방패가 되어야 한다."

비 대신 안개가 자욱하니 오늘 낮은 따뜻한 봄날이 될 테지.

2023년 4월 21일

모처럼 맑은 하늘을 보며 이 아침에 관리가
잘 되어야 세상이 편하다는 생각을 해 본다.
관리자는 많아도 관리하는 방법을 모르거나
알면서도 소홀(疏忽)할 때는 관리라고 볼 수가 없다.
서민들이나 젊은이들이 보금자리 하나 마련하기 위해
허리띠를 졸라매고 평생을 다 보낸다 해도 과언이 아니다.
그런데 수십 채의 집을 가지고 마구 돌려도
계약을 함부로 한 중개업자들에게
무거운 문책이 없고 중개사 사무실 점검을 나온다면
벌써 미리 알고 중개업 사무실 문을 걸어 잠그고 잠수를 탄다.
점검 날만 피하고 보자는 식으로
마구 거짓으로 남용하는 것을 관리자들은 알고나 있는지?
아님 미리 제보하여 알려주는지?
중개면허증을 가진 많은 자들이 버젓이 땅을 거래할 때도
웃돈을 더 얹어서 거래하며 시골 중개사들의 횡포는 심각하다.
전문 면허증을 가진 자들의 분야별로 각 지역마다
쉽게 억울함을 하소연하도록 국민을 보호하는 신고센터가 운영될 때
훨씬 미리 막을 수 있는 관리가 될 수가 있다.
'소 잃고 외양간 고치는 시대'는 옛날 이야기가 되고
시대에 맞는 관리가 필요하다.
관리를 철저히 하면 허술함이 있을 수 없고, 도둑이 있을 수 없다.
관리는 국가의 책임이며 국민은 안전한 보호를 받을 권리가 있다.
관리에 대해 한 치의 허술함도 없어야 한다.

2023년 4월 22일

좋은 아침에 좋은 소식 간 곳 없고 공짜만 남발하네.
공짜를 좋아해도 너무 좋아하지 마라.
좋은 것도 정도껏 좋아해야 한다.
공짜 좋아하다 신세 망친다.
세상에 어디든 공짜는 없다.

그리고 돈 싫어하는 사람은 이 세상엔 한 사람도 없다.
자존심을 버린 돈에 눈이 멀어지면 눈에 뵈는 게 없다.

공짜로 비싼 술과 음식들로 대접(待接)받은 자들이
훗날 천벌로 후손에게 물려줘서야 되겠는가?

공짜 대접받는 위치라고 공짜 좋아한 자들치고
누구에게 먼저 베푸는 걸 못 봤다.
높은 자리는 공짜 좋아하라고 완장 채워준 게 아니다.
힘 없는 백성들 잘 지킬 막대한 책임감으로 권한을 준 것이다.

같은 식구라도 옳지 않은 건 아니다.
내 식구 단도리부터 먼저 하고 남을 나무랄 때 그것이 정상이다.
누가 누구를 나무랄 때가 아니다.

혼탁해지고 썩어빠진 완장 찬 이당 저당의 인물들이여!
정신 똑바로 차리고 국민들에게 진심으로 뉘우치고 고개 숙일 때다.
여태 어지럽히고 힘들게 한 것들에 대한 미안한 마음을 가질 때다.

2023년 4월 23일

아침이 있음에 시작이 되고
저녁이 있음에 마무리를 하는 하루가 소중한 시간들이다.
그 소중한 시간 속에서 문득 생각나는 인연이 있는가 하면
생각하기도 싫은 인연도 있다.

인생을 살다 보면 어느 날 자신도 모르게
막다른 위기(危機)에 처했을 때
나를 구해 주는 사람을 만나봤다면
그 사람은 인생을 그동안 참으로 잘 살아온 사람이다.

내가 도움 준 사람도 아닌 뜻밖의 사람을 만나는 것은
대인한테만 일어날 수 있는 일이다.
내가 도와준 자가 다시 도움이 되는 일은 극히 드물기 때문이다.

도움 준 자가 아닌 다른 사람에게서
메아리가 되어 내게로 다시 돌아오는 것을 느낄 때
살아온 날들이 보람 있는 일이 된다.

늘 메아리가 되어 되돌아오는 삶을 만드는 것 역시
내가 만든 멋진 당신의 몫이다.
그동안 잘 살아온 대가는 언젠가 꼭 돌아온다.

2023년 4월 24일

아침은 하루를 시작하는 출발입니다.
어느새 4월의 마지막 주인 한 주가 시작되는
월요일을 맞아 활기찬 하루를 시작합시다.

국민들의 정신이 많이도 힘들단다.
왜들 이러시는가?
뭘 잘했다고 난리들인가?
도둑질을 하다 들켜도 뉘우침 없이
큰소리치는 게 사람으로서 할 도리인가?

춥고 배고파 빈곤에 찌들린 자들도 아닌
버젓이 잘나빠진 자들이야말로 왜들 이러시는가?
국민생각은 안중에도 없고 오직 자신들만의 욕망에 부풀어
염치(廉恥)없는 자들은 평상시에 뭘 보고 듣고 사는가?

나라가 엉망이 되어 가고 있는데도 더 엉망이 되기를 바라는 게 아니라면
남 탓하지 말고 모든 게 내 탓이고 이당 저당 모조리 당 탓임을 알고
제발 국민들에게 미안한 마음부터 가지시라.

잘못했다면 뉘우침이 우선이다.
뻔뻔하게 거짓으로 아는 법
피해 가는 속보이는 행동하라고 법 공부한 게 아니잖은가?
안타까운 현실은 소통 없는 의식으로 폐쇄를 부르고 있을 뿐이다.

2023년 4월 27일

좋은 아침입니다.
어젯밤 늦게 한미동맹(韓美同盟) 환영식을
TV로나마 통해 보면서 참으로 보기 좋았습니다.

예포 발사 의장대 사열 등 성대한 환영식을 하며
최고의 예우로 맞이함에 친분으로 확인함을 느낄 수 있었다.
모처럼 좋은 일로 그동안의 답답했던 마음이 조금이나마 풀리는 시간이었다.

이번 정상회담에서 좋은 성과가 나오길 모든 국민들의 바람이 큰 만큼
겉보다 속이 꽉 찬 좋은 성과를 한 아름 안고 돌아오시길
국민의 한 사람으로서 두 손 모아 본다.

2023년 4월 28일

사람이 무서운 세상이 되었다.
염치없고 뻔뻔함에 신뢰가 무너지고
사람으로서의 기본이 뭔지를 모르고
법이 춤을 추는 시대를 살아간다.

법을 좋아해도 너무들 좋아하니
내 자식도 올바르지 않으면 안 되는데 감싸안을 건 감싸안아라.
서로 도움주고 살지는 못할망정 피해는 주지 말고 살아야지
사회적으로 정신적 혼란스러움을 주변에 주지 말아야 한다.

옛부터 '귀한 자식은 매로 엄하게 키우고
미운 자식은 밥을 더 주라'고 했다.
잘난 사람들의 보좌관을 보고 그의 가족과
그 친구와 주변 지인들을 보면 그 사람을 알 수 있다.

유유상종(類類相從)이다.
맞지 않으면 안 보고 안 어울리면 된다.
소통이 안 되는데 무슨 친구가 될 수 있고
무슨 인간관계가 이어질 수 있겠는가?

빨리 가려고 지름길로 택해서 가 본들 얼마나 갈 것인가?
소통 없는 현실은 먹통으로 가다가 법으로 ……쯔쯔
함께한다는 건 물질이 아닌 진정한 마음이 모이는 지금이다.

2023년 4월 29일

4월의 마지막 주말을 맞아
그동안 못다 한 일 잘 마무리하길 바라며
빠르기만한 시간 속에서 우리는
어떤 생각과 행동으로 한 달을 보냈을까?

가족들과 외식 한 번 하기도 힘들다는
음식 값이 가장 비싼 우리나라
세계 4위라는 걸 보고 깜짝 놀랐다.

그동안 모든 물가가 오르지 않은 게 없다.
서민들이 허기져 가고 있는 이 판국에도
공짜 돈 봉투가 최소한 몇 백만 원에서 주로 수억 원대로만
나팔소리로 춤을 추고 만다면
그나마 다행이련만, 이것이 사실이라면
민생들의 억장이 무너지는 소리를 누가 들어줄 것인가?

도둑과 산적들이 화합(和合)하여 뭘 만들어 가려고 용을 쓰고 있는가?
모래 위에 집 짓지 말고 힘없는 사람들에게 힘자랑하지 마라.

가장 비겁한 짓이다.
새로이 맞이할 오월은 가정의 달이다.
낯 부끄럽지 않은 가정의 소중함을 안다면 함부로 살 수가 없다.

2023년 4월 30일

4월의 마지막 날 아침은 유난히도 푸르다.
늘 그랬건만 떠나는 아쉬움은
새로움보다 더 아련하다.

보낼 건 보내고 지울 건 지워야 하기에
뒤끝 흐리지 말고 깔끔하게
정리하는 오늘을 보내자.
우물 안 개구리가 되다 보면 폐쇄적이게 된다.
도시보다 시골이 폐쇄적인 것을 더 느낄 수 있다.

시대에 맞지 않는 것은 개선해 나가는
용기(勇氣)가 필요하다.
개선하는 길로 들어설 때 새로운
시기에 변화도 일어나기 때문이다.

내일이면 새로운 달을 맞이한다.
무엇을 준비해야 하고 무엇을
버리고 정리해야 할 것인가?

5월에 맞는 준비는 오늘을 잘 마무리할 때
내일이 새롭게 시작되기 때문이다.
새로운 마음의 각오로 내일을 맞자.

2023년 5월 1일

오월의 첫날에 멋진 시를 선물합니다.

오월이 오면 _ 황금찬

언제부터 창 앞에 새가 와서
노래하고 있는 것을
나는 모르고 있었다
심산 숲내를 풍기며
오월의 바람이 불어오는 것을
나는 모르고 있었다

저 산에 꽃이 바람에 지고 있는
것을 나는 모르고
꽃잎 진 빈 가지에
사랑이 지는 것도
나는 모르고 있었다

오늘 날고 있는 제비는 작년의
그 놈일까
저 언덕의 작은 무덤은
누구의 것일까

오월은 사월보다 정다운 달
병풍에 그린 난초가 꽃 피는 달
미루나무 잎이 바람에 흔들리듯

그렇게 사람을 사랑하고 싶은 달
그렇게 사람을 사랑하고 싶은 달 오월이다
오월이다

2023년 5월 3일

가로수마다 싱그러움이 한창이다.
오월이기에 푸르름이 더할 수 있다.
오월은 바쁘게 하는 초대장(招待狀)이 여기저기서
많이도 날아오는 달이기도 하다.

생전 연락 한 번 없다 경조사만 생기면 연락을 하네.
상대의 경조사 때는 모르는 체하다
자신들의 경조사는 계좌까지 찍어서 보내오는
초대장이 봄이 되니 많기도 하여라.
봄은 그래저래 바쁘다.

인간관계로 가는 길은 기브앤드테이크(give and take)
서로가 지켜 나갈 때 인간관계는 지속이 되며 감사를 알게 된다.
받고 싶으면 먼저 주어라.
감사를 모르는 자는 염치가 없다.

기쁨과 슬픔을 함께할 수 있는 길은
하루 아침에 만들어지는 것이 아니다.
꾸준한 인간관계의 세심한 관심의 노력이다.

내일의 초대장을 보내고 싶으면
늘 진심으로 사람을 대하며 목적으로 대하지 말라.
바로 오늘이 그런 날이다.

2023년 5월 5일

오늘은 어린이날이다.
방정환 선생님이 만든 노래 "오월은 푸르구나 우리들은 자란다…
하늘에 흰구름을 만지려는 젊은 꿈…"이 오늘을 말해 준다.

장대비가 새벽부터 퍼붓는다.
하필이면 마구 쏟아지는 장대비는 눈치코치도 없지만
오늘은 분명 소중한 날이다.

현대사회에서 일어나는 불미스런 아동학대는
오늘을 맞이하면서 어른들의 크나큰 잘못이며
책임임을 깨달아야 한다.

어린이들과 손잡고 야외로 나가야 하나, 비 오는 날이 되어
안타까운 마음을 대신해 정신적 희망(希望)을
어린 새싹들에게 심어주는 날이 되는 것도 좋을 듯하다.

혹여 주변에 소외된 어린이가 없는지 살펴보는
세심하게 관심을 가지며 함께하는 어른들이 있어
모범이 되는 사회가 되어야 한다.

모든 어린이들에게 꿈을 심어주는 의미 있고 멋진 부모를 응원하며
우리 사회 구성원 모두가 건강하고 활기찬 분위기에서
내일의 어린 새싹들이 이 땅의 주인공이 되기를 두 손 모아 본다.

2023년 5월 6일

오늘은 24절기 중 입하(立夏)다.
이맘때가 되면 곡우에 마련한
못자리도 자리를 잡아 농사일이 더 바빠진다.
여름이 다가온 것을 알리는 입하는
신록을 재촉하는 절기이다.

신록의 계절은 푸르름으로 말해 주고
눈이 시리도록 아름다움을
볼 수 있음에 감사하게 하는
여름이 오고 있음을 알리는 날

농사철은 시골 일손을 바쁘게 한다.
마침 비가 오니 논물이 가득하여
모내기하기에 안성맞춤이 되니
자연은 알아서 잘 한다.
자연은 때를 안다.

사람은 자연을 닮으면 때를 알고
자연을 보고 생각할 줄도 알아야 한다.
얼마나 현명한 자연인가?
늘 자연을 닮아가며 살아야 한다.

2023년 5월 7일

국민들에게 울화병(鬱火病) 생기게 하지 마라.
개운함은 참으로 좋다.

무슨 일을 하더라도 끝맺음이 개운해야 한다.
하는 둥 마는 둥 끝마무리를 짓지 않으면
일 자체가 진행하나 마나다.

까도 까도 끝이 없는 양파 까기라
이젠 코인까지도 드러나다니 참으로 골고루도 했나 싶다.

도깨비들의 세계 대회에 나가면
우리나라의 잘나빠진 유명인사들이
금메달은 충분히 확보하고 돌아올 것 같다.

모든 국민들의 가슴이 답답한 현실을 직시하라.
정당 지키고 총선만 생각하는 모지리당들아
그 틈에 국민들 속 터져 울화병 생기고 있다.

하나를 해도 똑 부러지게 마무리지어 봐라.
늘 터지기만 하니 어지럽고 멀미 난다.

비 온 뒤의 개운함은
더러운 것들이 다 씻겨 나가기 때문이다.

2023년 5월 8일

오늘은 어버이날
"나실제 괴로움 다 잊으시고 기르실 때 밤낮으로 애타는 마음"
고생하신 부모님 오늘 하루만이라도
마음을 다해 부모님께 감사를 드려 보는 뜻 깊은 날이다.

우리나라의 어머니날에 대한 유래는 1950년대 한국전쟁 이후
고아와 남편 없이 혼자 사는 여성(女性)들이 많았고
아이들을 혼자 키우는 여성들도 많았다.
5월 8일 어머니날 기념일에는 '장한 어머니'로 뽑힌 어머니들에게
상장과 상품을 주는 행사가 많았으며 고시 수석 합격자의 어머니,
유명 운동선수의 어머니 등 혼자서 아이들 교육에 힘쓴 어머니를
선발하여 장한 어머니상을 주었다.

어머니날에서 아버지의 섭섭함을
덜기 위해 1973년부터 어버이날로 변경되기도 했다.
일 년에 한 번이라도 힘든 일상생활에서 벗어나
오늘 하루라도 진정 부모님께 감사한 마음을 가지자.
효자는 하늘의 천복을 받고 하늘이 돕기에
만사태평으로 살아갈 수 있다.

현시대에 맞게 책임 있는 부모의 역할과 자식의 도리를 다하고 있는지
깊게 생각하며 감사하는 뜻 있는 어버이날이 되시길
마음 모아 손 모아 본다.

2023년 5월 9일

싱그러움이 더해가는 오월은 정감이 가는 달이다.
우리가 살면서 늘 많은 사람들을 만나며 살아간다.
잠깐을 만나도 정이 가는 따뜻한 사람이 있고
늘 만나도 찝찝한 사람이 있다.

나 자신을 먼저 돌아보자.
누군가에게 어떤 모습으로 비춰지고 있는가?
정감(情感)이 가는 사람인가?
정이 떨어져 나가는 사람인가?
늘 바라기만 하고 줄 줄 모르지는 않는지
겉과 속이 다르지는 않은지?
목적으로 다가갔다 실망하고 돌아서지는 않는지?

따지고 계산에 밝아 인성은 뒷전이다.
속으로 부르짖고 잘난 체하지는 않는지?
힘없고 약한 자에게 군림하고
강한 자에게 굽신거리는 비굴하고 못난 짓은 안 하는지?
자신도 모르게 습관이 되고 자신도 모르게 인성의 기본에서
멀어지고 멸망의 길로 가고 있지는 않는지?

잘 나갈 때일수록 조심하고 더 조심하고 고개 숙여 감사해라.
그것이 바로 따뜻하고 정이 가는 멸망의 길에서 벗어나는 길이고
자신이 바로 서는 현명한 길이다.

2023년 5월 10일

좋은 소식도 오락가락하면 가치가 떨어진다.
중심이 없을 땐 신뢰가 무너지고 믿음이 가질 않는다.

유리(有利)한 대로 말하지 말고 행한 대로 말하라.
진심으로 하는 말은 오랜 시간이 지나도 똑같지만
거짓말은 며칠만 지나도 말이 틀린다.
유리한 대로 하다 보니 말 바꾸기가 되어간다.

유명인사들의 말 바꾸기가 난무해도
너무 난무하니 보고 듣는 자는
참으로 기가 차서 말이 안 나온다.

말도 안 되는 말을 하는 헛소리를
유명인사만 되면 하다니
민생들이 바라볼 곳이 없어졌다.

분명하지 않은 언행은 기만의 행위다.
이런 자들이 싹 사라지도록 법제도 개선이 필요하다.
오락가락 법제도라 해야 하나
그런 새로운 법이 필요한 것 같다.

2023년 5월 13일

깊은 산속의 공기는 차가운 것 같아도 맑다.
깊어서 맑고 깊어서 차가우니 확실한 게 아니더냐?

확실하게 살아가는 사람과
대충대충 사는 사람의 결과는 천지 차이가 된다.

도시의 소음 속에 찌들고 병들면
공기 좋은 산속을 그때서야 찾는다.
닥쳐올 것을 항상 생각하며
신중(愼重)하게 생각하고
미리미리 대비하고 행동하며 살자.

앞일을 생각할 줄 안다면
함부로 행동하며 오늘을 살 수 없다.
오늘은 참으로 소중하니까
소중함을 아는 사람은
누구에게나 진심을 다한다.

자신보다 상대를 먼저 생각하는 멋진 사람이다.
멋지기에 모든 사람들에게 늘 사랑을 받는다.
맑고 고운 마음씨가 사랑이다.

2023년 5월 14일

꽃가루 향기 날리는 오월은 싱그럽기만 하다.
멋지게 늘어선 이팝나무에 하얀 꽃들이 눈부시니 그에
뒤질세라 빨간 장미가 계절의 여왕답게 멋진 포즈를 취한다.

이래저래 꽃들은 이뻐서 좋고 좋은 계절에 좋은 감성으로
살아야 할 이 시기에 정신 나간 인간들로 인해
멋진 계절이 오고 가는지도 모르게 지나간다.

이 어처구니 없는 현실 속에 한숨소리가 꽃향기를 대신한다.
얼마나 미쳐야 미쳤다고 인정할 것인가?
얼마나 채워야 이젠 그만 하겠다고 내려놓을 것인가?

국민의 혈세로써 급료는 따박따박 다 받아먹고 부업(副業)까지 하면서
국민들을 위해 본업에 똑바로 충실해 본 적이 있었나?

부업에 눈 먼 멍텅구리들이 총선을 외치고 있다니!
그래도 할 말이 아직도 남아 있나?
총선 대신 총정리는 국민들의 몫임을 보여줄 것이다.
참으로 애달픈 오월의 주말이다.
가슴에 단 배지가 운다.

2023년 5월 15일

오늘은 스승의 날!
스승의 은혜(恩惠)에 감사하는 마음으로 선생님 찾아뵙기
음악회나 다과회 등 다양한 행사를 벌이는 스승의 날!

바쁜 시대에 살다 보니 모든 것을 잊고 살아갈 때가 많다.
그러나 가끔이라도 생각나는 분이 계시다면
이 얼마나 고맙고 다행한 일이 아니던가?

꼭 학교에서 지식만 가르쳐주는 선생님만 선생님이 아닌
인생이 힘들 때 좋은 지혜를 가르쳐주며 따뜻하게
언행의 일치로 대해 주는 모범적인 분이야말로
좋은 선생님이 아닐 수 없다.

이런 분이야말로 좋은 인생의 선생님!
이 시기에 오늘은 그런 분께도 안부의 전화나 문자라도 올려
고마움을 전해 보면 어떨까?
현대는 분야별로 수많은 선생님들이 계시지만
그중에서도 기억에 남는 분이 계신다면
그분이 자신에게 참다운 선생님이고 고마운 분이다.

어느 누구에게나 존경받는 선생님과 제자는
하루 아침에 만들어지는 것이 아니며 끊임없는 정성으로 만들어지니
서로가 노력하며 함께 감사하는 날인 것이다.

2023년 5월 16일

전기세며 가스비가 오른다니 서민들 걱정이 이래저래 태산이다.
물가는 하늘을 뚫고 힘든 경제로 가정마다
가계부채(家計負債)가 눈덩이처럼 늘어나고 있다.
젊은이들은 젊은이들대로 노인들은 노인들대로 허덕이며
답답한 마음 달랠 길 없다고 울상들이다.
이렇게 힘든 경제가 하루 아침에 온 것이 아니며 썩어빠진 자들이
지금까지 독식하려는 욕심에서 만들어진 수난이다.

열심히 사는 민생들에게 도움은커녕
눈물나게 한 민폐도 이런 민폐가 없다.
서민들 생각은 안중에도 없고 오히려 서민들 주머니 속 넘겨보고
빨대를 꼽는 한심하고 졸렬한 자들이여!
꼽을려면 검은 돈 끌어 모은 거부들에게 빨대를 꼽아라.
이참에 서민들에게 눈물나게 한 전세사기사건과 관련된 중개자들이며
코인인지 코걸이인지 중개거래한 자들 코를 걸어
이런 일이 없도록 새로운 최신식 형벌로 다스려야 한다.

그걸 실행치 못한다면 똑같은 자들로밖에 보이지 않는다.
그래야 두 번 다시 서민들을 함부로 대하지 않는다.
선거 때마다 서민들 모여 사는 집단에 가서 표 받을려고 갖은
속 보이는 짓 하지 말고 당당하게 도움주고 떳떳해서 존경받도록
이런 못 돼 먹은 일은 후회도 없는 나쁜 자들 단속에 철저해야 한다.

2023년 5월 17일

활기찬 하루를 열지만 관중 속에 외로운 사람은
지위(地位)가 높고 돈 많은 사람들로서
외로운 길에서 벗어날 수 있는 삶을 살아가야 한다.

한 편으론 부러움의 대상이요, 한 편으론 안타까운 자들이다.
공인으로서 살아가는 자체가 외로움의 길이다.

행사에 참석해 보면 수많은 음식이 차려져 있지만
스케줄이 줄줄이다 보니
다른 행사에 참석해야 하는 스케줄 때문에
고픈 배를 움켜쥐고 시간상 그 자리를 떠나야 한다.

슬픔과 기쁨을 잘 표현하기도 힘든
공인의 위치에서 언행의 일치로 늘 조심하고
눈치 보며 살아가는 것이 공인의 길이 아닐까?

자신보다 남을 먼저 생각하며 배려하고
외로운 사람들을 보듬어줄 때 자신이 외롭고 슬프지 않다.
보람을 느끼며 남을 위함이 곧 자신을 위하는 공인의 길이다.

가정 역시 가화만사성(家和萬事成)으로 지켜나가야 하며
가정 하나도 관리 못하는 주제에 무슨 공인이냐 할 것이다.

외롭고 힘든 공인의 길을 가시는 모든 분들께
인내로써 똑바른 길을 가도록 힘내시길 응원드린다.

2023년 5월 19일

어느새 금요일 아침
무언가 해놓은 것도 없는데 시간은 참으로 빨리 지나간다.
어떤 단체(團體)나 모임에서 회장보다 총무가 더 많은 일을 하며
총무가 똑똑해야 회장이 빛나고 모임 자체가 잘 돌아간다.

사람도 금·은·동으로 생각해 볼 때 리더로서 금일 땐
그를 능가하는 보좌역할을 하기는 쉽지가 않다.
북 치고 장구 치는 리더가 될 때 더 나아갈 수가 없다.
그래서 보좌역할이 중요하다.

아무리 능력이 있다 해도 혼자서 가는 길은 짧고 힘들다.
여러 사람이 분담하여 함께 갈 때 성과는 훨씬 더 커지기 마련이다.
어떤 리더가 될 것인가는 자신이 선택한
주변에 의해 흥망도 달려 있다.

서로가 잘못된 인연으로 만날 땐 누군가가 크나큰 손해로 돌아온다.
초스피드시대에 맞는 역할 분담은 시대적 필수다.

아무리 능력이 넘쳐도 혼자서는 다 잘 할 수 없기에
나누고 함께 하려는 마음의 자세가 필요하다.
자신의 안목은 실패 없는 성공의 길로 가는 능력이며 몫이 된다.

2023년 5월 21일

넉넉한 휴일 아침에도 늘 바쁘기만 한 삶을 살아가는 사람이 있다.
바빠서 좋은 일도 있지만 모든 일에 소홀할 때도 있다.

바쁘다고 하는 일이 다 잘 되는 것도 아니며
한가하다고 실패하는 것도 아니다.
흥망의 결정은 잘 나갈 때 결정이 된다.
모든 일이 잘 될수록 욕심을 버리고
하는 일에 더 충실하고 겸손해야 한다.

얼렁뚱땅 거짓부렁이로 성실치 못할 때는 바로 무너져 내린다.
무너지고 난 뒤에 후회한들 무슨 소용이 있으랴.
현실에 최선을 다하고 인간관계에 마음을 다할 때
후회스런 일 없이 살게 된다.

찌들게 가난하다 부자가 되는 길은
성실하게 살아왔거나 아님 공짜 돈이 생기는 것이다.
공짜가 생기면 없는 자들에게 좀 나눠주고
베풀고 독식(獨食)하지 마라.

세상에 공짜는 절대로 없다.
지금 이 순간이 중요하고 힘들 때 잘해 준 사람들을 더 소중히 여기며
최선의 마음을 다할 때 앞날에 자식 대대손손 대탈 없이
원하는 대로 행복하게 살 수 있는 길이다.

2023년 5월 22일

한 주가 시작되는 월요일 아침
활기찬 하루를 준비하며 계획된 삶을 살아야 한다.
계획된 삶은 헛되게 시간 낭비를 하지 않는다.

현대사회에는 수많은 단체들이 있다.
그 단체가 크면 클수록 많은 정부 보조금(補助金)을 해마다 받는다.
보조금 올려 받으려고 해마다
연초가 되면 요핑계 조핑계로 사업계획안을 짜서 올리기에
열을 올리고 연말연시가 되면 영수증 끌어 모으기에 바쁘다.

단체마다 나가는 정부 보조금은 물 새듯이 줄줄이 임원들의
개인 사비로 전락하고 있는데도 지방자치단체장들은
선거 때 표몰이 준비로 정부자금을 퍼주고 있다.
수많은 시민단체들이 정부에서 받은 만큼
사회에 무슨 도움이 될 일을 많이 하고 있는가?
봉사단체라 하면서도 정부 보조금이 너무나 지나치지나 않는지?

진정한 봉사는 개인 사비를 털어서 하던 시절이 옛말이 되는 것은
관리 책임과 제도에 문제가 있음을 알고
혈세 낭비하지 않도록 제대로 관리하길 국민들은 바란다.
제도와 관리는 제대로 하는 게 정부가 해야 할 몫이다.
오늘의 혈세는 국민의 피다.
아껴서 바로 쓰는 공금임을 똑바로 알아야 한다.

2023년 5월 23일

초여름이 완연하다.
땀방울이 이마에 맺히고 한낮의 더위로
벌써부터 큰나무 그늘을 찾는다.
나그네를 잠시 쉬어가게 하는 그늘은 도움을 주는 사람과 같다.
늘 도움주기보다 받기만 하려 드는 사람을 좋아할 리 없다.

먼저 베풀고 먼저 다가갈 때
좋은 운은 메아리가 되어 다시 돌아온다.
긍정적 생각은 능동적이 되고 부정적 생각은 소극적이 되므로
긍정적인 사람과 어울려야 성공한다.

아름다운 마음은 진심에서 만들어지며 가치 있는 생을 살 수 있기에
스스로 노력할 때 누구에게나 사랑 받는 삶을 살아갈 것이다.
가까이 있어도 멀게만 느껴지고 아무리 친하려 해도
멀어만질 때 소통(疏通)이 되지 않기 때문이다.

소통은 그래서 중요하다.
소통이 불통이 되면 고통이 온다.
처음 만나도 오랜 인연으로 느껴지고
마음이 편안해져 오는 사람이 좋다.

생각이 같고 마음이 맞아서 좋은 인연은 서로 맞춰준다.
늘 편안한 친구로 사랑 받는 좋은 인연으로 아름답게 살자.

2023년 5월 25일

장미꽃이 만발하니 향기로운 꽃향기가 그윽하다.
화려하며 고운 것도 잠깐이요
어느 순간에 시들어서 자취를 감춘다.

세상에 변하지 않는 것은 없다.
사람 마음 또한 죽 끓듯 변덕(變德)스럽게
변하는 것을 어느 누가 막으랴.
그러나 인간이기에 변덕스러움도 자제할 줄 알아야 한다.
자제란 자기 자신과의 싸움이다.
자기 자신 하나도 살피고 자제할 줄 모르면서
무슨 일을 제대로 하겠는가?

자제하는 마음은 하루 아침에 생겨나는 게 아니며
굳은 마음 수양하는 데서 나온다.
현대인들의 성급함으로 생각 없는 행동으로
얼마나 주변을 산만하고 혼란케 하고 있는가?

화려함보다 수수함이 더 오래 머문다.
변덕이 지나치면 오락가락 중심 없고
신뢰는 말없이 떠나간다.
힘들수록 중심잡고 신뢰와 존경받는
길로 가며 살아야 한다.

화려한 장미의 오월이 다 가기 전
자신을 한 번쯤 돌아보는 의미 있는 하루가 되자.

2023년 5월 26일

좋은 아침에 좋은 소식으로 활기차게 하루를 시작한다.
누리호 3차 발사가 성공적이라니 이 얼마나 좋은 일인가?
순수한 우리 기술(技術)로 만든 누리호라니 감탄이 저절로 나온다.

한참동안 TV를 보면서 사진을 찍었다.
생생하게 작동되는 순간순간의 모습을 보면서 이 힘든 고도의
기술인들의 그동안의 노고에 깊은 감사를 보낸다.

차세대에서만 할 수밖에 없는 산업이며
잘할 수 있는 인재개발이 필요한 산업이다.
앞서간다는 것은 모험이 아닐 수 없지만 크나큰 보람이기도 하다.

성공으로 나아가는 긍정적 힘이 모아지고
우리의 정신도 앞서갈 때다.
지구에서 볼 수도 할 수도 없는 일들을
우주에서 하려면 빠르게 나아가야 한다.

성공적으로 나아가는 길은 멀고
험할 수 있으나 얻어지는 보람도 크다.
사람의 힘으로 안 되는 일은 없기에
오늘도 최선을 다해 최고가 되길 응원한다.

2023년 5월 27일

오늘은 부처님 오신 날입니다.
봉축(奉祝) 드립니다.

석가모니께서는 '그 누구에게도 의지하지 말아라' 고 설하셨다.
힘든 일이 생겼다고 너무 걱정하지 말고 순리대로 살으라는
가르침으로써 자비로운 마음으로 늘 살아가기를 바라셨다.

오늘부터 대체공휴일로 연휴가 시작되는 날이지만 비가 내리니
부처님 오신 날 등 밝히기를 마음의 등으로 밝히시라는 것 같다.

어느 종교(宗教)를 믿든 남의 본보기로 살아갈 때 그 종교를 좋아하게 된다.
입으로 떠들고 외치며 언행에 실천 없는 종교인은 종교를 욕되게 한다.

종교인은 모든 것이 남달라야 한다.
오늘같이 부처님 오신 날을 맞아 요즘같이 인간의 기본양심을
저버린 자들에게 불쌍히 여겨 자비의 손길이 내려지길 바라본다.

부처님 오신 날을 맞아 우리 모두가 어떤 삶을 살고 있는지
자신을 한 번쯤 돌아보며 성찰하는 좋은 날이 되기를
마음 모아 손 모아 본다.

2023년 5월 29일

오월이 막바지에 접어드는 연휴의 마지막 날이며 한 주가
시작되는 월요일 아침, 오월은 이렇게 소리 없이 떠나간다.

"남아일언중천금(男兒一言重千金)"
남자의 말 한 마디는 천금과 같이 가치가 있다는 뜻이다.
오늘날 남성들이 이 말을 알고 있기나 하는지?

오늘날 말 바꾸기에 선수들은 많아도
우직하고 진정성 있는 남성을 보기가 힘드니
빠르게 변해 가는 세상 탓을 해야 하나?

남성들의 언행은 상상을 초월하게
초스피드로 변해 가고 있음에 놀라지 않을 수 없다.
변할 게 변해야 한다.

물욕(物慾)에 눈이 어두워 자존심과 체면은 어딜 가고
치사한 말 바꾸기로 신분마저 내동댕이치는 남성들이여!
가정의 달 오월을 맞아 가정에 가장은 많은데 가장다운
믿음직하고 존경받는 아버지나 남자는 얼마나 될꼬?

말을 했으면 책임질 줄 알아야 한다.
열 번 생각하고 한 번 말하라.
그것이 자신의 인격이다.

2023년 5월 30일

연휴가 끝나고 비는 아직도 더 내릴려나?
하늘엔 먹구름이 걷히지 않고 월요일 같은 화요일 아침을 맞아
오늘 하루를 활기차게 시작해 보자.

오직 자신만이 순간순간을 어떻게 살아가고 있는지가 중요하다.
가치 있는 삶을 살아갈 때 빠른 시간에 보답하는 길이다.

세월이 갈수록 보람 있고 가치 있는 일이란?
대가를 바라지 않는 봉사정신이다.
돈은 누구나 벌 수가 있지만
봉사(奉仕)는 희생정신 없이는 할 수가 없다.

돈으로 몸으로만 봉사하는 것이 아닌 재능기부도 있다.
자신만의 전문지식이나 인생경험을
남에게 나눠주는 보람 있는 일 역시 좋은 봉사다.

요즘 보면 너무나 많은 강사진들이 복지센터 같은 곳에서
한 시간의 강의료도 악착같이 받는 그 많은 강사진들은
무슨 봉사를 남을 위해 하고 있을까 궁금해진다.

대가에 의해 너무 기계처럼 느껴져서야 되겠는가?
봉사를 하다 보면 남을 위함이 나를 위한
바로 그런 좋은 날이 온다.

2023년 5월 31일

오월의 마지막 날, 아침 비온 뒤에 하늘이 맑고 높기만 합니다.
못 다한 일 잘 마무리하시는 오늘 하루 되시길 바랍니다.

지나고 나서 후회하지 않도록 지혜롭게 순리대로 살아야 하지만
살다 보면 그게 그리 쉬운 일이 아니다.

날마다 아침 인사로 이 단톡 저 단톡에서 인사를 나누다 보면
그 단톡의 분위기를 볼 수 있다.

전혀 모르는 사람들 속에서도 정감 가고 예의가 반듯한 분이
있는가 하면 안하무인(眼下無人)으로 설쳐대는 사람도 있다.

일면식도 없지만 단톡에서는 사람의 품격을 볼 수 있다.
때로는 고마운 분을, 때로는 날치기 새치기로 잘난 체
유튜브를 퍼다 나르는 걸 볼 때 참으로 씁쓸할 때도 많다.

이제는 어느 조직이나 모임에서 단톡 하나쯤은
다 만들어 소식을 전한다.
단톡에서 보면 그 사람의 격을 볼 수 있기에
함께하는 많은 사람들을 생각할 줄 알아야 한다.

단톡에도 예의가 있다는 것을 알고 만나지 않아도 만나고 싶도록
새로운 달 6월을 기대해 보자.

2023년 6월 1일

6월을 맞아 나라 사랑하는 마음이 더 짙어져 가는 것이
보훈(報勳)의 달을 맞아 희생하신 모든 호국영령들을
깊게 생각해 보는 달이기도 하다.

6월은 나라 사랑을 실천(實踐)하신 분들로 인해
오늘의 우리 대한민국이 있기에
우리의 현실은 어떠한지 점검해 보아야 한다.

개인적 욕심에 눈 먼 자들은
호국영령들에게 미안한 마음이나 드는지 묻고 싶다.
나라 없는 개인도 가족도 있을 수 없다.

안전하게 살 수 있는 나라, 자유롭게 살 수 있는 나라를
국민들은 간절히 바란다.
지금 세계에서 전쟁중인 나라를 볼 때
개인과 가족들의 참담함을 우리는 보고 너무나 안타까워하고 있다.

너무도 비참한 일이 아닐 수 없다.
국민들의 강한 정신에서 나오는 말보다 실천하는 나라 사랑이
바로 국민들의 다 함께 하는 힘이다.

아무리 말해도 지나치지 않는 나라
사랑으로 뜻 깊은 6월을 맞이하자.

2023년 6월 4일

연휴 잘 보내고 계시는지요?
나들이객들로 고속도로 정체는 심해도
집을 나서는 기분은 좋기만 합니다.
안전운전(安全運轉)으로 목적지까지 잘 도착하시길 바랍니다.

산다는 것이 매일 신이 나면 오죽 좋으련만
그렇지 않을 때가 더 많다.
그것이 인생살이다.
늘 변함없이 좋은 사람이 있는가 하면 평생동안 도움이 안 되는
염치없는 인연으로 인해 받기만 하지
아주 적은 것에도 줄 줄 모르는 인색한 인연도 있다.

"사랑도 받아본 사람이 사랑할 줄 안다."
인성보다 계산이 앞서고 감성보다 이 또한
계산으로 인간관계로 따진다.
서글픈 일이 아닐 수 없다.
인간관계는 계산이 있을 수 없이 멍청할 때가 좋은 인연이 된다.
똑똑한 사람일수록 인간미가 없는 것을 볼 때 가장 서글픈 일이다.
인격은 좋은 인격일수록 베풀고 나누기에 주변에 늘 사람들이
떠나지 않는 많은 사랑 속에서 살아간다.

똑똑하고 잘난 사람들이여!
베풀고 너그럽게 늘 사람을 대하라!

2023년 6월 6일

오늘은 현충일(顯忠日)이며 망종(芒種)이다.
나라를 위해 희생하신 호국영령들을 기리며 감사를 드리는 날이다.

일 년 중 논보리나 벼 등 곡식의 씨를 뿌리기에 가장 알맞다는 날이
시작되는 날인 망종이기도 한 날이다.

참으로 뜻 깊은 날이다.
우리 모두가 감사하는 마음으로 나라를 사랑할 때다.

자랑스런 우리나라의 앞날에 발전을 위해
깊게 생각해 보며 어떻게 살아가야 하는지?
각자의 책임 있는 삶을 살아야 한다.
나라가 있기에 당신의 오늘이 있다.

2023년 6월 7일

싱그러운 나날 속에 소쩍새는 어딜 가고 개구리가 대신하네.
개굴개굴 울어대는 사연 속에 유월의 하루가 저물어가네.

오늘의 변화는 소리가 들판에서부터 들려오니
허리 굽혀 모내기하며 아픈 허리 펴 보니
어느새 새참을 논두렁에서 기다리던 것도 옛일이 되고

이제는 기계(機械) 소리만 대신 논바닥을 신나게 오늘을 대신한다네.
사람이 편해야지.
기계가 말하네.
어찌 거역(拒逆)하겠는가?

종일토록 바쁜 일손은 해 저문 저녁때가 되어서야 내려놓고
편하게 쉼하려니 어느새 곤한 잠은 꿈나라로 빠진다네.

유월의 슬픈 영혼들의 소리를
대신하는 개구리들의 합창 소리는
밤이 되면 더욱 요란해 자장가로 대신해 주고

홀로 개굴개굴대는 소리는 처량도 하지만
다 함께 울어대는 소리는
힘찬 합창 소리로 울려 퍼진다네.

2023년 6월 8일

오늘은 비가 온다니 출근길 안전운전하시길 바랍니다.
기후 변화로 세계 곳곳에서 물난리를 겪고 있습니다.

지금 우리나라의 실정은 어떠한가?
비피해로 재난지역(災難地域)으로 선포된 곳도
아직 복구는커녕 그대로 방치되고 있다.
관리 소홀한 것은 지역단체장들의 무능력함이 아닐 수 없다.

특히 2급 하천변은 떠내려온 모래로 수면 바닥이 높아져
약간의 비만 와도 하천의 물이 넘쳐나며 마을 하수구는
역류현상이 일어나 이제는 아파트 저층마저도 안심할 수가 없다.

곧 장마철이 다가온다.
소 잃고 외양간 고치지 말고
미리 대비해 나가야 하건만 지역관리가
너무나 미비하기만 하니 재난당한 심정을 알기나 하는지?

올 여름에 물난리로 재난을 겪지 않게 미리미리 대비하는 후보가
내년 총선에서 우선적으로 진정한 지역 주민의 표를
확실히 받을 것이다.
대탈은 무관심과 나태함에서 오는 결과다.
미리미리 점검해서 재난 걱정 몰아내야 한다.

2023년 6월 9일

밤새 소낙비 퍼붓는 소리에 새벽잠을 설치니
어느새 창문이 밝아온다.
푸른 나무 잎이 비온 뒤에 더욱더 싱그러움으로 도취되니
여름은 이렇게 서서히 다가오나 보다.

도취(陶醉)되며 멋져 보일 수 있으나 집착하면 힘들어진다.
남의 흉내만 내는 사람은 빌려 입은 옷과 같고
남이 말한 헛소리에 귀 기울이는 자는
귀가 얇고 가벼운 사람에 불과하다.

나에게 피해 주지 않았다면 남의 말에 귀동냥하지 말며
우직한 사람은 지혜롭고 생각이 깊지만
가벼운 사람은 생각도 없고 지혜도 없다.

오직 자신의 생각에 도취되어 조금도 남을 생각지 않는
가벼운 사람이 되어서야 되겠는가?
영리한 사람은 상대가 싫어하는 짓을 되풀이하지 않는다.

도취하되 집착하지 말며
남의 말에 귀 기울이되 헛소문에 귀를 열지 말며
곧은 중심의 생각만이 정도로 가는 길이며
멋진 삶을 살 수가 있다.

2023년 6월 10일

어느새 주말 아침이라니 한 주가 참 빠르기도 하다.
세월이 빠르게 흐를수록 돌아올 수 없는 것이
설움의 나이라 하였던가?

세월이 갈수록 더해가는 나이는
아는 것도 많지만 잊어버리는 것도 많아진다.
잊으니 살아가고 나잇값 하기도 힘들어하지
억울하고 분했던 일들이 지나온 세월에 얼마나 많아 슬퍼했던가?
기쁨의 날은 잊을 수 있으나 너무나 억울했던 일들은 잊을 수 없다.

가장 가까운 주변(周邊)에서 슬픔과 기쁨은 만들고 생겨나기 마련이다.
모든 것은 이기적인 욕심을 가진 한 사람으로
주변을 울고 웃게 만든다.

내가 아니면 남이라 생각하고
이 세상에서 내 소유물은 아무것도 없으니
나이 들어 후회 없도록 젊을 때 바로 살아야 한다.

그래야 나이 들수록 존경받고
무언의 본보기가 되는 길이다.
나이는 그냥 먹는 게 아닌 잘 살아온
완장의 가치를 말하며 자신의 가치이기도 하다.

2023년 6월 11일

소낙비가 곳에 따라 내린다니
피해 없도록 대비하셔서
안전하고 편안한 휴일 되시기 바랍니다.

"나가라, 못 나가겠다."
시위로 맞서고 법으로 맞서네.
참으로 보기도 민망스럽고 자존심마저도 버린 자들은
눈치가 없는 건지 배짱을 부리고 보자는 식인지
어디가 정답(正答)인지 보는 쪽에서도 헷갈린다.

그렇다. 어떤 입장이라도 공과 사가 분명해야 하며
그렇지가 못할 때는 문제가 생겨나게 마련이다.
요즘은 참 법이 남발하는 시대에 살고 있다.
뻑하면 법으로 해결하려 드니
그래서 법전문가들이 먹고 사는가 보다.

자존심은 자신만의 자산이다.
처음보다 뒤끝이 더 아름다워야 한다.
현명한 마무리가 남 보기에도 좋다.
자존심을 지키는 길은 아무리 궁해도
대추 한 알로도 자존심을 지킨 옛 선조들의 속담은
현재에 흔해빠진 법보다 가치가 더 있어 보인다.
자존심은 스스로 만들고 지키는
떳떳하고 당당한 자신이 살아온 몫은 바로 자존심이다.

2023년 6월 12일

소낙비가 내리다 말다 오락가락하니
도깨비 같은 날씨지만 새롭게 시작되는 월요일
아침을 맞아 오늘 하루도 활기차게 시작합시다.

천둥치고 소낙비가 퍼붓더니
어느새 해가 반짝 뜨고 무지개가 뜬다.
참으로 오락가락 변덕스럽다.
어느새 하늘의 칠색 무지개가 곱게도 떠 있다.

이런 날씨를 변덕스런 날씨라 하지 않는가?
사람 역시 변덕이 죽 끓듯 하는 사람도 있다.

그렇다. 인생을 살면서 가장 소중한 것이 인연이다.
한 사람만 아무리 잘 해도 소용이 없고
서로 잘 하려는 관계의 노력이 필요하다.

잠깐 퍼붓는 소나기 같은 인연이 있는가 하면
무지개처럼 고운 인연도 있다.
언제나 사라지지 않는 칠색 무지개는 마음에 있어야 한다.

잘 나갈 때의 인연보다 어려울 때의 인연에 더 큰 가치가 있다.
좋은 사람은 어려울 때 무언의 도움으로 다가온다.
인연의 소중함을 아는 사람은 늘 외롭지 않고 행복한 오늘을 산다.

2023년 6월 13일

요란하게 떠들어도 새로운 아침은 밝아오니
오늘 하루도 활기차게 시작합시다.

행동과 말들이 거칠어져 간다.
점점 잔인하고 포악해져 간다.
진실은 없고 거짓으로 포장하기에 바쁘다.

혼란만 있지 수습(收拾)과 정리가 되지 않으니
어지럽고 멀미만 날 때가 한두 번이 아니다.
어디가 흑이고 어디가 백인지
도대체 감을 잡을 수가 없다.

버릴 건 버려야 정리가 되거늘
이 어찌 버릴 듯 말 듯 망설임 속에서
또 다른 일로 놀라게 하는 일들뿐이란 말인가?

좋은 소식으로 놀라게 해야지
곧 끝장날 것 같아도 질기고 질긴 힘줄은
끄떡없어 보이지만 사람다워 보이질 않는다.

여름이 되어 더운 건 당연하지만
속까지 더운 건 여름 더위보다
더 힘들어진다는 사실을 알고나 있을까?
시원한 날이 언제나 올꼬.
기다리다 지쳐만 간다.

2023년 6월 15일

하루해가 길어진 탓일까?
참 말도 많고 탈도 많다.

"사공(沙工)이 많으면 배가 산으로 간다."
눈만 뜨면 무슨 말들이 이리도 많이 쏟아지지만 좋은 소리는 없구나.

새로운 시작이란 주변이 깨끗이 조성될 때 새롭게 시작이 된다.
얼마나 해야 직성이 풀리나?
억지로 떼를 쓰고 언제까지 떼거리로 악을 써야 직성이 풀릴 것인가?

참으로 애달픈 현실 앞에 배는 산꼭대기로 올라가고 있건만
올라간 배는 내려올 줄 모르고 바다를 잊어만 가네.

여름 더위보다 더더욱 덥게 하는
이유가 너무나 많기도 하다.
끝이 보이질 않으니 알게 모르게 지쳐가는 것은 민생뿐이다.

이당 저당 요당들아, 모조리 산 위에서 내려와
바다로 가야 배가 제 역할을 할 게 아니냐?

날씨도 더운데 더 이상 더운 일 없이
시원한 바다로 가도록 배를 내려 돛을 달고
망망대해(茫茫大海)로 출발할 때 여름은 멋지다.

2023년 6월 16일

좋은 아침은 밤새 편안한 마음에서
세상 모르고 푹 자고 났을 때 가벼운
몸 상태로 하루를 시작해야 능률도 오른다.

젊을 때부터 누구의 도움 없이
자립적 정신력을 가진 자는 살아가면서
실패(失敗)를 해도 다시 일어서는 법을 알고 산다.

열 사람 백 사람이 필요 없는 소중한 한 사람이 되라.
기대하기보다 누군가에게 든든해서
기대고 싶은 사람이 되어라.
필요할 때만 찾아오는 사람보다
필요한 사람으로 찾아가는 사람이 되어줄 때
보람을 알게 될 것이다.

남을 먼저 배려할 줄 아는 따뜻한
마음씨를 가진 자와 차갑기만한 자의 태도는 확실히 다르다.
따뜻한 사람으로 살아야 한다.
희생(犧牲)하는 마음을 가질 때 배려하는 마음도 생기고
따뜻한 사람이 된다.
욕심 없는 마음은 많은 사람들에게 큰 의지가 된다.

오늘의 희생은 바로 내일의 사랑으로 돌아온다.

2023년 6월 17일

어느새 주말을 맞아 나들이 계획이 있으신 분들은
안전운전하시길 바랍니다.
어제 중학교 수학여행(修學旅行) 버스에
탑승한 학생들의 사고에 빠른 회복을 빕니다.

그런데 이 학교 학생들은 공교롭게도
이틀 전 강릉에서 수학여행 중
교통사고(交通事故)를 당한 것으로 알려졌다.

잇따른 사고에 해당 학교는 비상이 걸렸고
학부모들은 학교 앞까지 찾아와 애를 태웠다.

강원 소방당국에 따르면 지난 14일 오후
강릉시 강동면 한 커브길에서
관광버스와 11톤 화물차가 충돌했다니
아찔한 순간이 아닐 수 없다.

이번 사고는 졸음운전으로 인한 사고로 발생했다니
누구나 언제든지 일어날 수가 있기에
운전할 때는 조심조심하며
피로할 때는 충분한 휴식을 취한 뒤에 운전하는 습관이 꼭 필요하다.

오늘도 안전운전으로 즐거운 주말 되시길 바란다.

2023년 6월 18일

아침 햇살이 밝으니 산새 소리도 맑아라.
편안한 휴일 아침을 맞아 한 주간의 피로를 풀면서
즐거운 하루 되시길 바랍니다.

각 기관단체가 많기는 하지만
그때마다 제 역할을 하고 있는지 궁금할 때가 많다.
억울함을 하소연할 기관이 있다는 것은 약자들을 보호하며
쉽게 접할 수 있어야 하지 않는가?

산간벽지나 뚝 떨어진 섬마을에서도 간편하게 할 수 있어야 한다.
기관 중 소비자 고발센터에 들어가 보면
과연 중재역할(仲裁役割)을 잘 하고 있는지 의심스럽다고 느껴진다.

기관의 힘이 되라고 있는 게 아닌
약자의 편에서 문제를 해결할 수 있는 기관으로서
누구나 쉽게 억울함을 호소할 수 있도록 되어야 한다.
거기에 따른 절차가 가장 편리하게 개선되고 홍보될 때
어린이도 늙은 노인에게도 소통의 도움이 되는 게 아닐까?

개선(凱旋)하면 변화되고 변화됨으로 편리해진다.
선진국답게 글로벌 시대에 맞는 업무처리로
바꿀 수 있는 건 빠른 개선이 필요하다.

2023년 6월 20일

아침은 기분이 좋아야 한다.
눈뜨자마자 헐뜯는 단톡방이 되어서 무엇을 얻을 게 있단 말인가?
헐뜯기 아니면 자신들의 자랑들뿐이다.

정서가 메마를 대로 메마른데 무슨 나라를 위한다는 것인지 묻고 싶다.
관리자들이 더 비방(誹謗)하는 단톡방도 있다.
사람 초대해서 이당 저당 비방하라고 단톡을 만들었나?
눈 뜨기 바쁘게 여당 야당 서로 헐뜯는 소리뿐이니
유튜브 보기가 민망하다.
나라 걱정한다는 정치인들 단톡방이라면
서로 헐뜯기보다 국민들을 위한 발전적 제안을 내놓을 일이다.

비방을 하기보다 앞으로 나라발전에 힘이 되는 글을 써야 한다.
'큰일 났다 끝났다' 하는 제목으로 유튜브에 들어가 보면
끝날 것도 놀랄 것도 없는데 어의가 없다.
결국은 '좋아요, 구독' 을 눌러 달라네
이렇게 해서 억대 연봉의 유튜브로 만드나, 한심하지 않을 수 없다.
정치인들이 있다는 단톡방에서 아침부터 서로 헐뜯기보다
앞으로 발전할 수 있는 대책을 강구하며
좀 더 윤리도덕적인 유튜브의 글을 쓰는 건 어떨까?
도덕이 무너지고 있는 것은 사람으로서의 감성이 없기 때문이다.
아침만이라도 좋은 감성으로 시작해야 하루 일과에 능률이 오른다.
이 아침이 바로 그런 아침이다.

집 _ 해수 **손점암**

둥지에서 나오니 세상이 넓고
들어오면 아늑하다
크고 작은 것들로
나를 깨우치게 하네

해 뜨면 급히 도망쳐 나가도
해 질 무렵이면 나시 제자리로
돌아오게 하네

울고 웃게 하는 천국과 지옥이
공존하는 곁을 떠날 수가 없다
나가 보니 알게 되고
들어오니 또 알게 되네

허무한 인생길을 함께할 수 있는
바람막이가 되어주고
눈비를 막아주니
어찌 곱지 않을쏘냐

제 3 부

향내 나는 집

2023년 7월 3일

새로운 한 주가 시작되는 월요일 아침입니다.
밤새 폭염(暴炎)으로 인해 밤잠 설치지나 않으셨는지요?
오늘도 무척 덥다고 하니 건강에 유의하시며
활동하시길 바랍니다.

삼복더위도 아직 멀었는데 왜 이리도 날씨가 푹푹 찌는 걸까?
이상하리만큼 사람들이 변하니 기후도 따라 변해 가고 있나?

흐려질 대로 흐려지고 퇴색해질 대로 퇴색되어 가는
도무지 어디가 원색(原色)인지 알 수 없고 얽히고 설켜 풀 수 없는
실타래 뭉치가 무더위 속에서 아직도 굴러만 다닌다.

그래서 더욱더 덥다.
혼탁해진 물속을 들여다보면서
서로 남 탓만 하고 있구나.
맑은 물이라야 얼굴들이 비춰지건만
그걸 모르고 먹물만 잔뜩 머릿속에 들어 있네.

뜨겁기에 시원함을 찾는 건 당연한 일이다.
당연하지만 해결되지 않는 것이 더더욱 덥게만 한다.
무더위를 시원하게 해 주는 쇼킹한
좋은 소식이 전해지기를 7월을 맞아
기다려 보면서 시원한 하루 되길 손 모아 본다.

2023년 7월 5일

어제는 폭염으로 찌는 더위였는데
오늘은 비가 내린다니 비 피해 없도록 대비하시고
장마철을 맞아 건강에 유의하시길 바랍니다.

그 부모를 보면 그 자식을 알고 그 자식을 보면 그 부모를 안다.
옛말에 "귀한 자식은 매를 들고 미운 자식은 밥을 더 주라"고 했다.
현시대는 자식 한둘 낳아 오냐오냐 키워 자기 잘난 맛에 취해
어른 알기를 우습게 여기는 젊은이들이 늘어나고 있다.
어릴 때의 가정교육(家庭敎育) 부족에서 오는 부모의 책임이다.
"세 살 버릇 여든까지 간다."
자식은 화초와 같아서 정성어린 관심으로 어릴 때
기본 인성교육을 가정에서 부모가 가르쳐야 한다.
학교에서는 지식을 가르치며 남을 위한 배려까지는 가르치지 않는다.
자식을 위한 교육은 부모의 책임 있는 태도와 실천이다.

오늘날 부모는 부와 명예는 있는데 비뚤어진 자식을 볼 때
다들 부모의 '책임'이라고 말한다.
그런 부모가 유명한들 무슨 소용 있으랴.
아버지 엄마 둘 중 한 사람이라도 똑바른 마음의 자세로
자식에게 인성을 가르친다면 커서도 손가락질 받지 않고 잘 살아간다.
효를 아는 자식은 부모에게 걱정을 끼치는 일을 하지 않는다.
부모나 자식은 하나다.
자식을 보고 나를 돌아보는 삶을 항상 살아가야 한다.

2023년 7월 6일

밤새 많은 비가 내려 비 피해는 없었는지요?
기후변화(氣候變化)로 비가 오는 날의 정서적 감성은 어딜 가고
밤새 빗소리에 놀라 노이로제에 걸려 잠 한숨 못 자는
하천가나 침수를 당해 보신 지역민들의 심정을 알기나 하시는지요?

각 지역 기관장들의 무능함을 보면 한심하기 짝이 없는 자도 있다.
연말 예산이 남아돌았는데도 지역 하천 보수도 않는 무능한 자들이
완장 차고 있으니 그 지역이 낙후될 수밖에 없다.
우째 스펙이 좋아 좀 나대다 보니 비례대표로 운은 좋아 완장 한 번은
찾건만 지역 살림살이를 어떻게 지역민들을 위한 불편을 알 리 만무하다.
화려한 스펙 찬 걸로 대접받으며 살아온 자가 지역민들 떠받들며
애로사항을 살필 줄 아는 자가 과연 몇 사람이나 될까?
화려한 스펙에 혹해서 후보로 만든 자들도 각성해야 한다.
스펙은 인성이 최고며 사람을 성심성의껏 모시는 겸손이 있어야 한다.
완장 찬 자들의 속보이는 거짓 나부랭이로 얼굴색 하나 변하지 않는
가면의 얼굴들을 현재 보고 있지 않는가?
눈은 제대로 보고 말은 진심을 담은 자들이 기관단체장이 될 때
살기 좋은 지역이 되고 나라가 편안하게 된다.
제대로 할 일을 찾아 일하고 지역민을 섬겨라.
행사 다니느라 바빠 민원 하나 쳐다보지 않는 멍청한 짓 제발 그만하고
탁상행정(卓上行政)하지 말고 이럴 때 재난당한 곳 찾아나서서
원인 파악 제대로 하고 두 번 다시 반복되는 일
일어나지 않게 하는 게 주민을 섬기는 길이다.

2023년 7월 7일

오늘은 소서(小暑)다.
하지와 대서 사이에 있는 24절기의 하나 양력 7월 7일이다.
소서는 작은 더위라는 뜻이다.

장마전선이 걸쳐 있어 습도가 높고 비가 많이 온다.
농사에 쓸 퇴비를 준비하고 논두렁의 잡초를 뽑아준다.
올해 장마는 미리 온 것 같다.

계절도 예를 갖추느라 소서 다음은 대서다.
계절의 절차를 알리는데 하물며 인간으로서의 기본 예의도 없이
초대도 않는 단톡방에 가면을 뒤집어쓰고
불쑥 나타나 어지럽히는 양심없는 자를 볼 때
참으로 한심하고 불쌍하다.

사람이 불쌍해 보일 때가 길거리에서 동냥하는 걸인이 아니다.
분별하는 능력이 떨어져 보이는 자가 가장 불쌍해 보인다.

누구에게도 혼란스럽고 어지럽혀서 놀라게 하지를 마라.
요즘 그런 자들이 너무 많아 멀미나는 판이다.

SNS에서나 뉴스를 보고 나날이 놀라며 살고 있다.
이왕이면 이젠 좀 좋은 일로 놀라고 살자.

2023년 7월 11일

오늘은 초복(初伏)이다.
비가 오다 말다 하는 장마철인지라 초복은 본격적인 무더위의
시작을 알리는 날로서 하지로부터 셋째 경일을 가리키며
초복에서 중복(中伏)까지는 10일간이다.
중복에서 말복(末伏)까지는 20일, 초복에서 말복까지는 30일이 걸린다.
더위를 이기기 위해 산간계곡을 찾아서 청유를 즐기고
삼계탕 같은 자양분이 많은 음식으로 몸을 보신한다.
더위를 먹지 않게 질병을 예방해서 건강한 여름나기를 해야 한다.
물질만능시대다 보니 고속도로 IC가 어디 생기느냐고
서로 난리를 피우니 더운 날 더욱 덥기만 하다.
파면 파헤칠수록 치부만 나오니
아직도 공시지가 몇 백 원 가는 지방 땅 가진 자들 생각을
이참에 국토교통부에서도 헤아려 준다면 어떨까?

가장 낙후(落後)된 곳을 찾는 것은 사놓은 지 오래 되어도
몇 백 원 하는 임야가 아직도 전국에 너무나 많다.
무더운 여름을 시원하게 하는 것은 오래된 국토법 제한을 현시대에 맞게
이참에 제대로 시대에 맞게 정비하는 여름을 보낸다면
약한 자들에게 도움을 주는 것이 될 터, 바로 능력업무로 가야 한다.
더운 여름나기는 권력 있는 자에게 부를 더해 줄 게 아니라
약한 자들에게 잘 살펴주는 길이
앞으로 삼복더위를 이겨 나가는 길이다.
초복 날 초심으로 돌아가 더위도 이기고 발전도 하자.

2023년 7월 14일

밤새도록 전국에 많은 비가 내렸는데 비 피해는 없었는지요?
밤잠을 설치며 침수를 걱정하시며 계시는 모든 분들께
위로(慰勞)와 격려(激勵)를 보냅니다.

하천이나 산사태 걱정을 해마다
여름만 되면 하는 척 말고 원인을 해결하는 방법을 찾아야 한다.
전 국토의 개발계획안을 현실에 맞게
제도적으로 간편하게 바꿀 줄 알아야 한다.
담당부서가 너무 많아서 어지럽다.
국토교통부의 책임이다.

1급 2급 하천에 따라 국가나 도에서 미리 그 주변을 살펴야 하는데
농업기반공사 산림청이 하는 게 도대체 뭔지 알 수가 없고
관할지역 시나 군에서 서로 미루다
하천범람이 생기고 산사태만 나게 한다.

산림청은 산불 안 나게 한다며 산불 예방지기까지 두고 있지만
대형 산불로 민둥산이 되고 개인 산지도 임업산지로 묶어
아무것도 못하게 하는 산림청의 무능력을 보면 한심하기 짝이 없다.

스위스는 산꼭대기에 집을 짓고 사는데도
산사태 나서 대서특필한 적이 없다.
소 잃고 외양간 고치지 말고 원인을 제대로 찾아라.

2023년 7월 23일

오늘은 대서(大暑)로 일년 중 가장 덥다는 날이지만
장마로 인해 비가 오고 있으니 빗길 조심하시길 바랍니다.

장마가 시작된 지도 오래 되었건만 아직도 끝날 줄 모르니
모처럼 맞는 휴가철도 반갑지 않은 것 같다.
이맘때면 휴가가 한창인데 그동안의 운둔생활을 한 탓도 있어서인지
산과 바다를 찾아 휴가 가는 많은 행렬이 아직 보이질 않고
비가 그치기를 기다리며 있는 것 같다.
관광지의 바가지요금 탓인지 요즘 젊은이들이 좋아하는
텐트촌이 많이 활성화되길 바란다.
힘든 경제 속에서 가족과 함께 적은 비용으로 즐거운 휴가를
보낼 수 있는 텐트촌을 선호하는 젊은이들이 많기 때문이다.

국토교통부에서도 간편한 제도적인 시스템으로 캠핑장이 바뀔 때
외국까지 구태여 나가지 않고도 국내에서도 경치 좋은
계곡을 찾도록 만들어 나갈 수 있는 법으로 바꿔 나가야 한다.
관광지는 만들어가는 것이지 저절로 만들어지는 게 아니다.
아무리 자연 경관이 좋아도 관광객이 먹고 휴식하는 자리로
만들 수 있는 국토교통부의 현시대적 제도가 필요하다.

국내에서도 즐겁게 휴가를 즐길 수 있도록 해서
외화 낭비도 막고 지역 경제도 살려야 한다.
그것이 나라 살림을 살리는 길이다.

2023년 7월 29일

아침 해가 떠오를 때는 주변이 밝아져 오며 붉은 해가 떠오른다.
저녁 해가 질 때는 붉게 물들며 서서히 사라져 간다.

해는 똑같은데 떠오르는 해와 지는 해를 보고
느끼는 감성은 다르니 자신의 마음에 달려 있다.
자연 앞에 서면 진솔(眞率)함이 저절로 배어져 나온다.
휴가철을 맞아 집을 나서는 때가 아닌가?

이달의 마지막 주말을 맞아 한창 휴가철인 만큼
너도나도 짐을 꾸려 집을 나선다.
산과 바다로 또는 외국으로 길을 떠난다.

좋은 관계가 될려면 여행을 함께 가 보면 그 사람을 알게 되므로
가족과 함께라면 불편해도 참고 지낼 수밖에 없지만 친한 친구라면
함께하는 시간에 그 사람의 내면을 볼 수 있는 시간이 될 수 있다.

좋은 곳에 좋은 사람과 함께하는 것도 좋지만
혼자서 여행해 보는 것도
자연의 새로움을 더 깨달을 줄 알게 한다.

자연의 진실한 감성을 닮아 갈 줄 알면 참 괜찮은 삶을 사는 것이다.
휴가를 맞아 건강한 몸과 정신휴양을 해 보는 것도
의미 있는 휴가가 될 것이다.

2023년 8월 3일

폭염이 계속 되니 여름철 건강에 유의하시며
시원한 하루를 활기차게 시작합시다.

어르신 알기를 우습게 알고
젊다는 것을 내세우며 말로써 다 까먹어서야 되겠는가?
잘못도 모르고 생각 없이 말하는 자들이 겉모양새는 좋다 보니
선발은 잘 되나 뒷감당이 힘든 세상이 되어가고 있다.

지금의 어르신들만큼 고생하고 열심히 살아온 젊은이들 있으면
나와 봐라. 어디 살아온 역사를 좀 들어보자.
어른들에게 공손치 않은 당이나 인간은 상종할 가치가 없다.
시대적으로 힘들게 살아온 것만으로도 억울한데 비아냥대지 마라.

외제차는 젊은 것들이 다 타고 다니며 폼은 있는 대로 다 재고 다니는
꼴불견이 사납지만 어른들이 못했기에 대리만족이라 이해해 주니
선거 때만 되면 어른 비하(卑下) 발언을 하는 당을 보면서
유권자로서 아주 만정이 떨어진다.

혁신인지 망신인지 그렇게도 할 말이 없나?
유권자들을 위한 진정한 혁신은 양심 있는 바른 언행의 일치다.

버르장머리 없는 언행을 삼가라.
젊을 때 잘 사는 것은 폼이 아닌 열심히 살면서
인생 선배의 말에 귀 기울이고 기본 예의를 지키라.

2023년 8월 4일

무더위에 지치지 말고 쿨하게 보낼 수 있는 길은
스스로 찾아나서야 한다.
시원한 것도 좋지만 이열치열(以熱治熱)이라고
보람 있는 일을 찾아나서는 것도 더위를 이기는 길이다.

폼 재는 것을 너무 좋아하다 오히려 폼이 망가지기 쉽고
자기 자랑이 지나치면 남의 눈살을 찌푸리게 한다.

자만심이 지나치다 보면 소갈머리가 밴댕이 속이 되기 쉽기에
주변에 진정한 사람이 없어져 외롭게 된다.

돈이 있어도 안 쓰면 노랭이요
돈이 없는데 펑펑 쓰는 것 또한 푼수다.
먼저 받아들이는 상대의 입장을 생각한다면 지나침이 없다.

즉시 적소에 행함이 곧 자신의 품격이며 그로 인해 호평을 듣게 된다.
모든 것에 노력하는 정신은 바로 자신의 몫으로서
이 더운 여름을 시원하게 이겨 나가는 멋진 하루를 응원한다.

2023년 8월 6일

아침부터 불볕더위가 시작되니 오늘도 얼마나 더울꼬.
경제가 말이 아니니 옛날같이 휴가 기간에
피서길로 선뜻 나서는 이가 많이 줄었단다.

어유가 좀 있다면 외국으로 휴가를 즐기러 떠나고
서민들은 휴가는 꿈도 꾸지 못한다니
참으로 공평(公平)하지 않은 현실에
사회적으로 슬픈 분위기가 아닐 수 없다.

평상시에 서민들이 가장 힘든 노동적 허드렛일을 해 온 만큼
휴가 때만이라도 편히 쉬어야 하는 게 아닐까?
몸도 마음도 지쳐 있는 그들에게 위로와 격려를 해 주는
우리 모두가 아름다운 사회가 되어야 한다.

오나 가나 주차비 하나에도 지역 관광지라면
현주민에게도 얄짤 없이 다 받아 챙기는
야박하기 짝이 없는 지역이 있는가 하면 물가 오름 탓하며
모든 게 다 비싼 이런 지역은 두 번 다시 가지를 말아야 한다.

별로 구경할 만한 것도 없으면서 지방자치에서 인색하게
관광지에서 봉을 잡으러 들지 말고 엉뚱한 곳에 혈세 낭비나 말아라.
세월 속에 정은 낡아가고 이중인격만 난무하니
그래서 더욱 덥기만 하다.

2023년 8월 7일

새롭게 한 주가 시작되는 월요일 아침입니다.
오늘도 폭염으로 시작할 참인지 아침부터 예사롭지 않은 햇볕이
발산되니 건강에 유의하시고 시원한 하루가 되시길 바랍니다.

언제부턴가 입이 벌어져 다물 수가 없다.
간이 붓다 못해 간이 배밖에 나온 자들이 왜 이리도 많은지?
놀라운 현실이 폭염보다 더 덥게 한다.

이래저래 놀라움 속에서도 한 술 더 뜨는 자들이
잘잘못을 따지려 이 판국에 흰 눈동자를 요리조리 굴려댄다.
무슨 변명이 그리도 많은지?

왜 이럴까?
원인 없는 결과는 없다.
원인만 만들지 결과는 끝없는 메아리만 되어 가나?

인간들의 심보에 하늘도 노했는지
이웃나라가 자연재해(自然災害)로 난리를 치루고 있는데
우리 또한 지난 장마 때문에 지금 얼마나 힘들지 않은가?

이래저래 앞을 내다보는 눈으로 해결부터 하고 난 후
문제를 찾아도 늦지 않다.
이 더위보다 더 무서운 게 사람이니
오늘 하루는 조신하게 보내자.

2023년 8월 8일

해가 떠오르는 바다는 빛이 난다.
떠오르는 태양을 바라보다 자신도 모르게 함성이 나온다.
해를 바라보는 마음이 숙연(肅然)해져 온다.

해처럼 달처럼 별처럼 살자.
아침에는 해 뜨고 저녁이면 달과 별이 뜨니
하늘을 어찌 우러러 보지 않을 수 있으랴.

잔잔한 바다는 조용하지만 성난 바다는
집채만 한 거친 파도로 돌변한다.

흰 거품을 사정없이 품어댄다.
바다도 참다 못해 돌변해 달려드니
뒷걸음질쳐 달아나 본다.

아우성으로 몸부림을 친다고 거친 파도를 당할 수 없음이라
땅을 보니 아우성 소리로 어두침침하니
차라리 하늘을 쳐다보자.

오늘은 낮도 좋고 밤도 좋다.
한 번쯤 하늘을 쳐다보자.
태양과 구름과 달과 별 또 뭐가 있나를
조용히 생각하면서 말이다.

2023년 8월 12일

8월의 중순을 접어들며 주말을 맞이하니 세월만큼 빠른 게 없다.
여름은 이래저래 놀라움 속에서 지나가는 것 같다.
서서히 막바지에 접어드는 휴가를 아직도 못 갔다면
주말을 맞아 가족에게 멋진 추억(追憶)으로 남을
좋은 시간을 만들어 보는 것도 좋을 것 같다.

사람은 추억이 있어야 한다.
추억이 없는 삶이란 무의미하고 훗날 남는 게 없다.
잠깐을 만나도 좋은 추억이 남는 인연으로 살아야 한다.

가정도 마찬가지다.
좋은 추억은커녕 속 터지는 가정불화로
따로국밥으로 노는 것은 집안의 가장 책임이다.
가정도 리드를 못하는데 사회에서 무슨 리더가 되겠는가?

휴가는 가족을 소중하게 여기며 함께 휴식하며
행복한 시간으로 추억 만들기를 습관화하며 살아가야 한다.
바쁜 일상을 떠나 가족과 보내는 행복한 가정은 문제가 없다.

살면서 남는 것은 좋은 추억뿐이다.
좋은 추억을 만들려고 노력하며 살아갈 때
훗날 후회 없는 삶을 살았다고 말할 수 있을 것이다.
멋진 추억을 늘 만들며 살아가자.

2023년 8월 15일

오늘은 8.15 광복절(光復節)입니다.
나라를 위해 희생하신 분들의 숭고한 정신을 기억하며
나라사랑에 함께하는 뜻 깊은 날이기도 합니다.

사람이 살아가는 데 억압(抑壓)을 받아 자유롭지 못할 때
정신적 스트레스를 받게 된다. 그로 인해 건강이 나빠질 수 있다.

어떤 테두리 안에서만 생각하고 행동한다면 넓은 세상을 볼 수가 없으므로
좀 더 폭 넓게 삶을 살아가도록 스스로 노력할 때 자유로울 수 있다.

노력 없는 대가는 없다.
마음을 닦는 일에서 시작되는 노력은 행함으로 이어지고 밝은 미래가 약속된다.

나라가 없으면 국민도 없고 나도 없다.
우리 대한민국의 무궁한 발전에 모두 함께 노력해야 한다.

2023년 8월 18일

매미는 여름이 가는 것이 안타까워 맴맴 울어댄다.
요란스럽던 한여름도 서서히 물러갈 준비를 하나 보다.

자연은 알게 모르게 준비하며 다가오고
준비하며 떠나 갈 줄도 아는 것 같다.
사람도 자연을 닮아 행하는 자가 얼마나 될까?

높은 자리에 앉으면 더 높아지려고 기를 쓰기보다
지금까지의 삶을 감사하며 살아야 사람의 양심이다.
특권을 누려 보면 더 누릴려고 내려놓을 준비는커녕
수단과 방법을 총동원하여 발버둥치지 마라.

그렇게 살지 마라.
인생길은 짧고 허무하다.
좋은 자리 있을 때일수록 나보다 못한 자들에게
최선의 마음을 다해라.
항상 높은 자리에 있는 게 아니다.

높은 데 있을 때일수록 내려갈 때를 준비하고
사람 대하기를 겸손하고 진심을 다해야
후회 없는 삶을 살아갈 수 있다.
후회는 화려함 뒤에 더욱 클 수 있기 때문이다.

2023년 8월 21일

하반기가 지나가는 길목에서 금융업계의 호황(好況)을
그냥 지나치기엔 이해가 가지 않는다.
잘 나가는 은행원들의 퇴직금에 놀라지 않을 수 없다.
비싼 대출 이자 받아 직원들에게 수억대의 퇴직금 지불이라니
다른 직장인들은 일할 의욕(意慾)을 잃는다는 걸 생각이나 하는지?
젊은 나이에 은행 명예퇴직자가 늘고 있다는 뉴스를 듣고 어의가 없다.
고객들에게 높은 이자 받아서 돈잔치를 벌이는 일은
어느 나라 금융법인가?
대출이자 납입이 하루이틀만 늦어도 바로 전화하고 며칠만 늦으면
신용블랙리스트로 올리는 악랄하기 짝이 없는 은행이나 카드사에서
금융감독원의 역할이 무얼 관리감독하고 있는지 묻고 싶다.
약자에게 강한 짓을 하는 게 고리대금업자라는 옛말이
힘든 현실에 절실하게 나타나고 있다.
잘 나가는 은행일수록 퇴직금이 많다니
현대판 고리대금업자라고 밖에 볼 수 없다.
소상공인들에게 까다로운 조건을 내세우고 가계부채만 늘어나는
개월 수 늘리며 환심 사려는 신상품으로 얄팍한 주판알 튕기지 말고
인간적 계산으로 고객을 대하라.
기계적 관리를 벗어나는 게 이잣돈 받는 양심이 아닐까?
은행에 돈뭉치 차곡차곡 재워놓는다고 저절로 돈이 새끼치지 않는다.
빌려다 쓰고 이자 주는 고객에게 감사하는 마음이 앞서야 한다.
비싼 이자 내는 고객에게 해택이 돌아가야 당연하다.
좀 더 서민을 생각하는 따뜻하고 품격 있는 금융거래를 기대한다.

2023년 8월 23일

오늘은 처서(處暑)다.

무더웠던 여름도 끝나고 완연한 가을이 오니

이제부터는 농사일로 농촌 일손이 서서히 바빠지기 시작한다.

올여름처럼 말썽 많은 폭염과 폭우로 우리 국민들께서 참으로 힘들었으니

나라 걱정을 하지 않을 수가 없다. 나라 안전은

우리 국군장병들에게 달려있기에 조금의 허술함도 있으면 안 된다.

철통같은 준비로 경계태세(警戒態勢)에 임해야 한다.

드론부대에서 구입한 연습용 드론이 날기만 하면 그냥 떨어져

연습을 못한다니 참으로 한심하고 어의가 없다.

어느 나라보다 앞서가야 하는 드론이

우리나라에서는 수입을 한다니 참으로 우스운 일이다.

뒤처진 우리의 현실에 뭐가 우선인지 확실히 파악할 때다.

중국산 DJI를 가장 많이 수입하는 이유는 가격이 미국산보다 싸서라는데

군부대에서 연습용으로도 활용하지 못한다는 뉴스를 보고 기가 찬다.

확실하게 밝혀내야만 한다.

하자 투성이인 제품구입이 문제며 AS가 보장되는지도 따져봐야 한다.

드론 속 부품은 중국산이고 라벨만 국산으로 둔갑한다면

무슨 이런 도깨비 같은 일이 있을 수 있단 말인가?

군기가 빠져도 확실히 빠졌지.

어느 나라보다 우리나라에는 지금 가장 시급하고 필요한 게 드론이 아닐까?

후진국보다 신뢰 가는 제품을 만들고 쓰는 것이 선진국이다.

이런 상태에서도 우리가 선진국이라고 말할 수 있을까?

2023년 8월 25일

비가 군데군데 뿌린다.
같은 도시에서도 차로 조금 가다 보면
비가 전혀 오질 않고 무지개가 떠있다.
참으로 변덕스럽고 알 수 없는 날씨다.

언제부턴가 지방자치 단체장들의 권한이 강한 힘을 가졌던가?
유권자를 무시하며 자신의 생각을 주장하는
못난 짓은 하지 말아야 한다.
지역민이 선택해 준 데에 감사하고 일꾼으로서 성실해야 하며
늘 초심의 마음으로 겸손하게 신뢰를 받도록 노력해야 한다.

자기 사리사욕(私利私慾)에 눈먼 짓으로 공금을 사비로 사용하는 짓은
지역민들을 무시하는 행위라고 본다.
현명한 유권자들은 다 보고 있다.
선거 때 표가 많이 나오는 지역만 골라서 민원을 해결해 주는
그들의 속내가 훤하게 들여다보인다.

지역 주민 한 사람 말에도 경청하고 소중하게 여길 줄 알 때
유권자의 소중한 표를 받는다는 철칙을 인식하는
앞으로의 깨어있는 선거판이 될 것을 믿는다.

지금까지의 험한 경험들로 유권자들은 너무나 마음이 지쳐 있기에
치유를 해 줄 신뢰 가는 정치인이 필요하다.

2023년 8월 31일

8월의 마지막 날 아침을 맞습니다.
참으로 세월이 빠르기만 합니다.
잡을 수 없는 시간 오늘 하루를 잘 마무리합시다.

사람이 살아가면서 염치가 있어야 한다.
창피도 모르고 우기면 된다는 식으로 밀어붙이는 세상이 된 듯하다.
염치를 모르는 사람들이 많아도 너무나 많다.

염치없는 자는 무섭다.
막무가내로 밀어붙인다.
모든 것을 자기에게만 맞춘다.
남에 대한 배려를 할 줄 모른다.

인간에게는 옳고 그름의 분명한 분별력이란 게 있다.
안 되는 일을 자신의 이익만 생각해 밀어붙이는 후안무치한 자들로
선한 사람은 늘 손해를 보고 열을 받게 된다.

특히 혈세로 월급을 받는 자들은
책임을 다하고 청렴결백(淸廉潔白)하며 깔끔하게 살아가야 한다.
우기며 욕심 부리지 마라.

내 것이 아까우면 남의 물건도 아껴 줄 줄 아는 게
인간의 양심이며 염치 있는 짓이다.
세상에 내 것은 없고 잠깐 나와 함께해 줄 뿐이다.

2023년 9월 2일

귀뚜라미 소리마저 애절하니
가을은 인생을 숙연하게 하는구나.
가로수마다 뒹구는 낙엽들을 쓸어
모으는 그대 일손이 바쁘다.

좋은 계절이 훌쩍 떠나갈까 봐
조바심 내지 마라.
알차게 보내려는 마음에 맑고 높은
파아란 가을 하늘은 다 품는다.

되풀이 되는 나날이지만 조금은
다르게 살게 하는 가을을 묶어 둘 수 없는
안타까움으로 깊어만 간다.

햇살이 눈부시니 황금 들판의
풍성한 그들이 불러대면 그대 일손이
바빠져만 간다.

지난 가을은 추억(追憶)을 만들어놓고
지금 가을은 추억을 만들어야 한다.
휴일은 추억 만들기에 그래서 좋은 오늘이다.

2023년 9월 3일

황금들판에 벼들이 익어가니 저절로 고개를 숙이고
사람 역시 나이 들면 고개 숙일 줄도 알아야 합니다.

나이는 그냥 먹지 않는다.
지금까지 당신이 살아오며 경험한 것을
말해 주기에 경험했으면 행할 줄 알아야 한다.

지금까지 살아오면서 무엇을 어떻게 하며 살아왔는지
뒤돌아볼 줄 아는 가을이 아닌가?

이 세상에 왔더라고 어떤 흔적을 주변에 남기며 살아왔는지
또 남은 여생(餘生)을 어떻게 살다 갈 것인지
숙연한 가을을 보낼 수 있어야 한다.

남에게 도움을 주고 살아왔는지 피해만 주고 살아왔는지
슬픔만 주었는지 기쁨을 주었는지
돌아보고 또 돌아보면서 자신을 아는 길이 나잇값이고
잘 살아가는 인생의 가을길이다.

모든 것은 자신의 몫이다.
꽃보다 더 아름다운 단풍잎으로 물들어 가자.

2023년 9월 4일

한 주가 시작되는 월요일 아침입니다.
오늘도 활기차게 하루를 시작합시다.

어느새 중순도 지나가고 있는데
좋은 소식은 들리지 않고 물가 오르는 소리만 들려온다.

나가 보니 유가는 오르고 또 오른다는 소리뿐이니 장보기가 겁이 난다.
경기(景氣)가 너무나 침체(沈滯)되어 상인들은 다들 울상이다.

이달은 돈 쓸 곳이 많아서인가?
한숨소리만 깊어져 간다.
경제 회복이 우선이다.
집집마다 활짝 웃는 소리가 울려 퍼지길 손 모아 본다.

2023년 9월 5일

미적지근한 날씨가 계절마저 혼란(混亂)을 준다.
가을이 온 지도 제법 되었건만 무더운 밤이 계절을 잊었다.

사람 또한 착한 건지 악한 건지 확실하지 않을 땐
이 또한 혼란스럽다.
미적지근하다는 것은 확실치가 않다는 것을 말한다.

좋고 싫음을 확실하게 표현할 때 그때를 놓치면 일이나 인간관계
역시 개운치가 않으며 서로 좋은 인연이 될 수 없다.

부모 자식 간이나 친한 친구 사이라도 아닌 건 아니며
좋은 건 좋다는 말을 꼭 할 때 해 주는 것이 더 좋은 관계로 된다.

듣기 좋은 소리는 누구나 할 수 있지만
듣기 싫은 소리는 용기가 있어야 한다.
간신(奸臣)배들은 절대로 싫은 소리를 하지 않는다.

쓴 것이 약이 되지 단 것이 약이 되는가?
인간이라면 구분할 줄은 알고 정도를 알며 살아가야 한다.

칭찬과 입에 발린 달콤한 말보다 쓴소리가 더 나을 수 있다.
어떻게 받아들이냐는 자신의 몫이다.
깊게 생각하는 계절 가을이다.

2023년 9월 6일

어느새 가을이 깊어져 간다.
이맘때가 되면 여기저기서 초대장도 많아지고
우리의 명절 한가위도 다가오니 이래저래 지출이 늘어나는데
물가마저 천정부지로 올라가고 있다.

한가위 연휴가 길다고 좋아하는 사람들은 배부른 사람들의 함성이고
하루 벌어먹고 사는 서민들은 한숨소리만 높다는 걸 알아야 한다.

엎친 데 덮친 격으로 유류(油類) 값까지
또 오른다니 걱정이 태산(泰山)들이다.
주인 배가 부르면 하인(종) 배도 부른 줄 안다는 옛말을 생각하게 한다.

국회의원들 배지 단 값들 좀 해라.
여야 헐뜯고 난리 피울 때가 아니다.
이렇게 경제를 힘들게 하고 어지럽힌 자들에게는
모조리 무거운 징벌이 내려져야 한다.

특히 혈세 낭비한 정당이나 정치인부터 무거운 책임을 물어야 한다.
서민들 한숨소리를 들어본 적 있다면 해결책을 찾을 때가 아닌가?

무슨 이유가 더 필요한가?
답은 어려운 경제를 살리는 길이다.
힘들게 하루하루를 버티는 서민들의 심정을 알고 진심을 다하라.

2023년 9월 8일

오늘은 백로(白露)입니다.
이 시기가 되면 밤에 기온이 이슬점 이하로 내려가
풀잎 등에 이슬이 맺히고
아침저녁으로 한결 서늘한 기운이 느껴집니다.

매미 소리가 사그라들고
대신 귀뚜라미 소리가 높아지는
가을이 본격적으로 시작되니
이 좋은 계절을 의미있게 보내야 한다.

자연은 자연스럽고 참으로 천연덕스럽다.
그러나 바뀔 때 바뀔 줄 정확하게 알고 있다.

인간은 바뀌는 걸 싫어한다.
좋은 것을 받아들이며 나쁜 것은 바꿀 줄 알아야 하는데
고집(固執)과 아집(我執)으로 버틴다.

말로는 아주 고집이 없는 척 위선을 떨면서
내면은 아집으로 똘똘 뭉쳐져 있다.
이기심에서 나오는 못난 짓이다.

바뀌면 달라진다.
최선을 다하면 달라진다.
진심을 담은 간절한 마음으로 노력하면 변화가 온다.

2023년 9월 9일

밤공기가 제법 차갑습니다.
한낮엔 뙤약볕이 여름인가 싶을 정도로 덥고
밤낮의 기온차가 다르므로 건강에 유의하시며
한 주가 시작되는 월요일을 맞아 활기차게 시작합시다.

현대는 SNS시대다.
그 중에서도 가장 쉽게 접할 수 있는 단톡에 주로 많은 소통을 하게 된다.
매일 한두 군데 단톡의 초대에 셀 수 없을 정도로 메시지가 오는데
단톡에 들어가 있다 보니 많은 것을 보고 느끼고 있다.

단톡을 만드는 건 쉬운데 관리하는 것은 정말 힘들다.
단톡방을 직접 만들어 관리를 해 본 사람은 그 어려움을 알게 된다.
친한 지인(知人)이라고 생각하고 초대를 했는데 하루도 참지 못하고
금방 나가는 사람을 보면서 정말 친한 관계였었나 하는 생각에
서운하지만 그 사람의 인내심을 알 수 있게 된다.

조직의 소통(疏通)을 위해 단톡을 만들었는데 관리가 안 되는 단톡도 있다.
새롭게 만들어도 관리가 안 되면 인원수는 줄고
글도 올라오는 것도 없고 다들 나가기만 하게 되어
나가지 않고 그냥 있는 사람은 참으로 난감해질 때도 있다.

단톡은 소통의 장이며 조직으로 갈 수 있는 현대판 모임이다.
옛날엔 만나기를 주로 했지만 언제부터인가 만남보다

단톡으로 많은 소식을 전한다.
단톡에서 눈치코치 마음씨며 그 사람에 대한 인격도 볼 수 있고
인내심도 볼 수 있다.

잘 났다고 남의 글 퍼다 나르며 글 올리는 데 끼어들기 하지 마라.
여러 사람들이 함께하는 공간으로서
개인톡으로 착각하지 않는 예의와 겸손을 갖추는 소통의 장이다.
일면식도 없는 사람들도 마음에 정이 가도록
좋은 소식의 글들을 올릴 줄 알아야 한다.

그리고 단톡방을 하나쯤 직접 만들어서 관리해 보면
그래야 제대로 알게 된다.
좋은 경험을 하게 되므로 남을 배려하고 이해하게 된다.

모르는 사람들이 정을 주고 받는 소통의 장은 배려와 겸손이 있어야 한다.
단톡에다 올려야 될 글을 개인한테 보내지 않는 것도 예의다.

단톡에서 뒷거래하는 얌체들은 만나도 얌체고 비열하다.
품격(品格)은 어디서든 당신의 몫임을 알아야 한다.
바른 소식 따뜻한 마음의 인내로써 단톡에서도 예의를 갖추자.
그리고 감사하자.

2023년 9월 11일

여기저기서 예쁘게 핀
코스모스가 길가에 한창이다.
가을꽃들이 예쁘고 예쁘다.
밤공기가 제법 선선해졌다.

모든 꽃들이 고맙다.
꽃을 보는 순간 그냥 좋다.
그냥 좋아서 좋아해야 한다.
좋은데 무슨 이유와 말이 필요한가?

좋으면 행함이 따른다.
자연스럽게 행동으로 이어진다.
말만 하고 행함이 없는 것은 좋은 것이 아니다.

자신을 진정 사랑하는 사람은
남을 사랑하는 방법을 알기에 말보다 행함이다.
사랑은 말이 필요 없으며 신뢰 가는 행함이다.
따뜻한 마음씨를 지녔기에 외롭지 않다.

감성(感性)도 알고 감사(感謝)도 안다.
생각이 깊고 예민하며 긴장하는 하루하루가
사랑의 길이며 그 길이 꽃길이다.
이 가을에 예쁜 꽃길을 걸어보는 주말이길 빌어 본다.

2023년 9월 17일

가을은 감성의 계절이다.
작은 것에도 마음의 눈을 뜨게 한다.
파란 나뭇잎이 노란 단풍잎으로 갈아입을 채비를 한다.

인생살이도 마찬가지가 아닌가?
젊음을 내걸고 열심히 살다 보니 정년이 다가오니 갈 데라곤
정치 바닥에 한 번쯤 기웃거려 보지만 결코 쉬운 일이 아니다.

옛날에 잘 나갔을수록 현실을 받아들이는 것이 더 힘들기 때문이다.
전문분야(專門分野)에서 뛰어나도 정치는 다르고 어렵다.
오만 가지를 다 접해야 하며 관리해야 하며 고개도 숙일 줄 알아야 한다.

조직을 만들어 간다는 건 더 어렵다.
인내와 기본인성의 덕목을 갖춘 정치인으로서 퇴색되지 말아야 한다.

정치인(政治人)으로서 덕목을 갖추기보다
무지와 아집의 모양새로 나대지 말아야 한다.
기본인성이 바로서야 정치도 바로선다.

그것이 정치인다운 정치인이다.
자신부터 먼저 다듬어 떳떳할 때
많은 사람이 우러러보고 따르게 된다.
행함은 말이 필요 없다.

2023년 9월 20일

비 온 뒤에 아침 공기가 쌀쌀하니
건강에 유의하시며 활기차게 오늘 하루를 시작합시다.

늘 선거 때만 되면 공천의 권한을 무섭게 휘두른다.
생판 모르는 후보자가 낙하산으로 날아오다 보니
골목길도 모르고 옆집도 모르는 타지(他地)에 날아와 앉는가 하면

TV에서 얼굴 몇 번 보인 대변인이
어찌 그리도 많은지 그들이 또 날아와 앉는다.
많은 인원수의 정당 대변인 숫자가 왜 필요한가?

대변인은 있는데 소변인은 늦게 입당해도
비례라는 명찰을 달고 알게 모르게 날아와 앉는다.
그들을 알리기 적절한 대변인 자리
이런 공천이 국민들에게 무슨 도움이 될까?

이당 저당은 당원들을 어려워하며 억울하게 하지 말며
공정(公正)하고 냉정한 평가를 해야 한다.

국민들을 위해 일할 수 있는 능력 있는 사람을 공천하는 것이
공천권자의 양심이다.
자신에게 충성하기를 바라지 말고 유권자들이 좋아하는 자에게
공천을 줘야만 한다.

소잃고 외양간 고치지 마라

국가의 보조금만 해도 정당들이 잘 돌아가는데
비례대표 공천에 후원금(後援金) 핑계대며 뒷주머니 차지 마라.
그럴려면 후원금을 아주 정해서 공고로 하든지
그리고 후원금액을 아예 경매 부쳐라.

제도적 문제가 있다면 고칠 생각은 없고
이어갈 걸 계속 이어가야지
유권자들은 이런 모양새를 결코 좋아하지 않는다.

말썽 많은 제도는 빠르게 고쳐야 한다.
대를 잇고 열중하지 마라.

이당 저당 모조리 당들의 현명한 선택은 현시대에 맞는
현명하고 투명한 공천을 실행하는 것만이
유권자들의 지지를 받을 수 있음을 명심해야 할 것이다.

2023년 9월 22일

가을꽃들이 한창이다.
유난히도 돋보이는 코스모스 꽃은 예쁘기도 하지만
한창일 때가 좋다.
곧 시들어 버리고 말겠지만

인생살이 역시 잘 나갈 때일수록 조심하고 살아야 한다.
흥망성쇠(興亡盛衰)란 어느 날 갑자기 찾아올 수도 있기에
잘 나갈 때일수록 후덕하게 사람을 대하고
반듯하게 살아야 길게 간다.
망한 뒤에 후회라도 하면 그나마 다행이지만 그것조차
생각도 못하며 남 탓만 하는 자는 영원히 구제불능이다.

남 탓을 왜 하는가?
그런 사람을 누가 알고 지내라고 권했나?
다 자신이 택해서 맺은 인연이다.
자신의 안목이고 불찰이다.
모든 것은 내 탓이다.

사람 보는 안목은 욕심 없는 진실한
마음에서 나와야 좋은 인연을 만나서
긴 인연으로 갈 수 있도록 노력할 때 만사태평할 수 있다.

2023년 9월 28일

밤새 비가 내렸지만 한가위를 맞아
오늘은 귀성길이 시작되어 매우 혼잡할 텐데
모처럼 고향 가는 길 즐겁게 잘 다녀오시길 바랍니다.

먼 길도 짧게 느끼며 모처럼 사랑하는 가족(家族)들과 함께하는
자리가 될 때 좋은 시간으로 행복한 명절을 보낼 수 있다.

가족이라고 믿고 입에서 나오는 대로 말을 하고
차례상 준비로 바쁜 자식만 도맡아 일을 할 때
불공평한 일로 가정의 분란이 터져 나오는 명절이 되지 않도록
서로서로 눈치껏 행할 줄 아는 센스가 필요하다.

센스 없는 자는 어딜 가도 분위기를 흐리고
어딜 가도 환영받지 못한다.
모처럼 만나 맘에 들지 않는 일이 있어도
잠깐 참을 줄 알아야 한다.

10분만 참으면 백날이 편안하다.
명절뿐 아니라 늘 인내로써 힘들 때마다
참고 살다 보면 좋은 날이 꼭 온다.
즐겁고 행복한 고향길이 되기를 빈다.

겨울비 _ 해수 **손점암**

겨울비 밤새 내리는데
우산 없는 나그네
길을 잃었고

추위에 떨고 목마름에
흐트러진 내 몰골
속까지 도려내는구나

방황하다 찾아온
불 켜진 초라한 집에서
나를 부축이네

젖은 옷 살얼음 되어
유리옷 번쩍이고
휘청이는 이 몸 추슬러

활활 타오르는 난롯가에 앉아
흠뻑 젖은 내 영혼
달래보누나

제 4 부

계절은 잊혀져도

2023년 10월 1일

10월의 첫날에 국군(國軍)의 날이며 추석(秋夕) 연휴를 맞아
미리 국군의 날 기념행사를 보면서
군인들의 철두철미한 정신을 보는 것 같아 든든했다.

추석 연휴를 맞아 우리 조상(祖上)님들의 산소에 대해
생각을 좀 해 보면 어떨까?
현시대는 결혼도 안 하는 젊은이들은 늘어나고
결혼해도 자식을 안 낳는 부부도 늘고 있다.

산소를 쓰고 관리할 자손이 없어져 가는 시대 상황을
지금 파악해야 한다.
한 명 아니면 둘 낳는 요즘 젊은이들이
조상님 산소의 벌초를 하며 가꾸어 갈지 걱정이며
지금도 관리되지 않는 묘소가 수두룩하다.

수목장이 좋다 해도 돈 많은 사람들이나 들어가지
돈 없는 사람들은 엄두도 못 낸다.
좁은 땅덩어리에서 앞으로는 장례문화가
국가적 차원에서 좋은 대책으로 바뀌어져야 한다.

납골당(納骨堂)도 다양하게 있지만 고독사가 늘어나는 현실에서
우리는 어떤 노후로 생을 마무리할 수 있을까?
지금까지 좋은 자리를 차지한 묘 터는 복을 받았어도
앞으로의 문제점을 생각해야 한다.

2023년 10월 3일

오늘은 개천절(開天節)이다.
'하늘이 열린 날' 로서 의미 있는 날이며
단군왕검(檀君王儉)의 고조선 건국을 기리는 뜻 있는 국경일이다.

연휴 마지막 날인 오늘 인간으로서 우리는
과연 어떤 역할을 하면서 살아왔는지?
단군할아버지를 깊게 생각해 보는 뜻 있는 날이 되고
긴 연휴 동안 쌓인 피로로 인해 편안한 휴식과
내일을 위해 준비하는 하루 되시길 두 손 모아 본다.

2023년 10월 5일

긴 연휴 동안 하고 싶었던 일로써
가고 싶었던 곳 다녀보니
새삼스레 달뜬 기분에 젖어 시간 가는 줄 몰랐지만
오늘은 일상생활로 돌아가는 날이다.

무슨 일을 하더라도 제대로 하고
하지 않으려면 처음부터 일을 시작하지 말아야 한다.
하는 둥 마는 둥 일을 걸쳐 놓으려면 애초부터 시작하지 말고
'시작이 반이다' 라는 말은 확실한 답이 아니기에
일단 시작했으면 잘 되도록 결심하며 최선을 다해야 한다.

남이 입에 갖다 넣어 주기를 바라지 말며
감나무 밑에 앉아서 감 떨어지기를 바라지 마라.
요즘같이 각박한 세상 이웃이 쓰러져도 모르는 척하는 세상이다.

멀리 있는 것도 끌어다 먹고 남의 것도 내 것인 양
수단 방법을 가리지 않는 세상에
들통이 날까 봐 감쪽같이 뒤처리도 잘 해
어느 쪽이 흑이고 어느 쪽이 백인지 구분할 수 없이 헷갈린다.

헷갈릴수록 어제보다 오늘에 중심을 두고서 스스로 정신을 똑바로 차려
누구도 대신해 주지 않는 자신의 일 처리에 최선을 다하기 바란다.

2023년 10월 6일

가을이 깊어가니 들판이 온통 황금빛으로 물들어 간다.
계절이 주는 풍족함으로 잠시나마 시름을 달래본다.

주변의 소음이 사라지지 않으니 변하는 게 없고
무성한 소문만 난무하며 신선세계 속 도끼자루만 썩어간다.

계절을 모르는지 아는지 길가에 줄지어 핀 코스모스 꽃들이
서로서로 이쁘다며 오늘도 함성을 지른다.

있는지 없는지 아리송한 나날들은 시간 따라 그냥 흘러만 가는데
속내를 모르는 조롱박이 주렁주렁 매달려서
이 가을을 쳐다보라 손짓한다.

2023년 10월 7일

추석 연휴(連休)가 지난 지 일주일도 안 돼서 또 시작되는 연휴라니
즐거운 사람도 있지만 월급을 주는 소상공인들은 죽을 맛이란다.

우윳값이며 교통비마저 줄줄이 오르고 있고
날씨는 점점 추워지고 있는데 여야가 서로 탓만 하고 있으니
입으로는 경제를 부르짖고 보이는 건 오르는 물가뿐이다.

행함은 없고 서로 탓하기 바쁜 일상 도대체 언제까지 이럴 건지?
국민이 그렇게도 우습게 보이나, 국민들에게 제대로 관심을 보여라.

젊은이들은 연휴라 좋아들 하지만 놀러 가는 것도 돈이 있어야 간다.
하루 살기도 힘든 사람들이 얼마나 많은데
서민들의 주머니 걱정을 진정으로 해 보기나 하는 건지?

풍족(豊足)한 자들은 춥고 배고픈 자의 심정을 모른다.
올라간 물가는 내려오기가 쉽지 않기에
위정자(爲政者)들은 힘든 민생을 제대로 챙겨야 할 때다.

추운 겨울이 다가오는 이때 '등 따시고 배부른 것'이 민생이다.
잘 살아가는 것은 하루 아침에 이루어지는 게 아니라
내일을 생각하며 만드는 오직 실천의 결과물이다.

2023년 10월 9일

오늘은 한글날이다.
세종대왕께서 훈민정음, 즉 한글을 창제하여 세상에 펴낸 것을 기념하고
우리 글자 한글의 우수성(優秀性)을 기리기 위한 국경일이다.

오늘날 우리의 한글은 우수문자로 점점 세계로 퍼져 나가기도 하지만
쓰임에 있어 조금씩 바뀌고 있지나 않은지?
이름부터 외래어(外來語)로 쓰는 사람도 많고
젊은이들은 띄어쓰기 자체를 아예 하지 않고 글을 쓰기도 한다.

SNS를 많은 사람이 공유하며 살다 보니 바쁜 생활 속 언어로서
소중한 우리 한글의 모양새도 변하고 있음을 볼 수 있다.

모든 것을 간소화할수록 더욱더 간소화 되어가는 것은
우리는 세계로 가는 SNS 시대에 살아가고 있다는 징표이기 때문이다.

한글의 소중함을 알고 지켜나가는 것은 어려울 수 있지만
나라가 부강할수록 우리의 한글도 더욱 빛이 날 것이다.
세종대왕의 훌륭하신 업적에 다시금 감사를 드려 보는
뜻 깊은 날이다.

2023년 10월 10일

연휴가 끝나고 월요일 같은 화요일입니다.
아침안개가 자욱하니 온통 뿌옇기만 해서 안전운전하시길 바라며
활기찬 하루를 시작합시다.

뉴스에서 들려오는 소리에 귀를 기울이지 않을 수 없다.
수많은 사람들이 삶의 아픔을 호소하는 소리가 들려오니
남의 나라 얘기라지만 뭔가 모르게 가슴이 철렁한다.

잘잘못을 따지기 전 인명피해는 막아야 하는데
특히 어린애들이 너무나 안타깝다.
어린 생명이 무슨 죄가 있단 말인가?

평화(平和)로울 때 평화가 잘 지켜져야 훗날 대탈이 안 생기며
또한 천지지변으로 일어나는 일 역시
미리 대비해서 최소한으로 피해를 줄여야 한다.

세상은 넓고도 좁다.
남의 나라 일이라고 강 건너 불구경하기보다
원인 분석을 해 보는 것도 국가 안위를 위해 미리 대비하는 일이다.

오늘은 내일을 준비하고 미래의 안녕을 대비하는
최선의 날이 되길 응원한다.

2023년 10월 11일

가을은 깊어만 가고 스산한 바람은 가슴 속에 젖어온다.
문득 지나온 날들이 주마등처럼 스쳐 지나간다.
출근길 차 속에서 잠깐의 아침 명상(瞑想)을 해 본다.

플라타너스의 크나큰 단풍잎이 거리를 맴돈다
곱게 물든 단풍잎을 어서 주워나 가지
얼룩진 단풍잎이 하염없이 발길에 차인다.

스산한 가을은 나뭇잎들의 축제란다.
가을꽃들을 이뻐하며 거리에 내려앉은 갖가지 고운 색칠로
가로수가 물들어 가는 이 계절이 눈물 나도록 고맙다.

가을은 감성에 젖기 좋은 계절이다.
삭막할수록 따뜻한 사랑의 감성을 만들어야 한다.
감성을 만드는 요술쟁이 가을이 가는 것이 너무도 아쉽다.

2023년 10월 13일

조석으로 싸늘하니 감기에 걸리지 않도록 건강에 유의하시며
따뜻하게 겉옷 하나쯤 챙겨서 외출하시기 바랍니다.

들판에 가을걷이가 한창인 요즘이다.
농촌 일손이 바빠졌다지만 예전보다 훨씬 많은 일들이 사라졌다.

하루 종일 많은 사람이 매달려 해야 할 일을
1시간도 안 되는 짧은 시간에 기계로 수확(收穫)하는 모습은
편리(便利)해지고 달라진 오늘의 농촌 풍경이다.

편리해지므로 시간이 절약되고
사는 삶에 도움이 되어 편안해진 몸과 마음이
그래서 즐거운 삶으로 바뀐다.

들판으로 새참 머리에 이고 나가던 옛날의 그 모습은
이젠 볼 수가 없다.

농촌이 변하고 있다.
삶의 질을 높일 수 있는 시간
그 시간을 잘 활용할 수 있기를 바라본다.

2023년 10월 14일

어느새 한 주가 지나 주말을 맞는다.
경사스런 일들로 여기저기서 초대장이 날아와 앉는다.

생전 일면식(一面識)도 없고 이름마저 전혀 생소한데
초대를 한다는 문자에 어이가 없어 쓴웃음을 지어본다.
알아야 뭘 하든지 말든지 할 텐데
이럴 땐 참으로 난감하다.

헛 소식은 아닐 텐데 소식 받은 마음이
순간 뭔가 모르게 멍해진다.
이럴 땐 어떻게 해야 할까?

답이 없는 건 아니지만 뭔지 모르게 초라한 가치가 느껴진다.
가치도 자신이 만들고 초라함도 자신이 하기에 달려 있는 것 같다.

초라하기보다 가치 있는 삶을 살아갈 때 자신도 모르게 당당해진다.
이 좋은 계절에 마음 내키는 대로
행함으로써 기분 좋은 주말이 되면 좋겠다.

2023년 10월 15일

비 온 뒤에 기온 차로 인해 날씨가 갑자기 쌀쌀해졌으므로
건강에 유의하시며 편안한 휴일 되시길 바랍니다.

기온이 급격히 내려가 산간지역엔 서리가 내린다니
이젠 가을의 끝자락으로 가는 것을 알려주고 있다.

이쁜 꽃도 싱싱한 채소도 서리 한 번 오고 나면
싱싱한 그 모습은 완전히 간 곳이 없어진다.

인간이 자연(自然)에 대해 깊게 생각해 볼 줄 안다면 함부로 살 수가 없다.
자연이 늘 보여주고 있는데도
제대로 볼 줄도 생각할 줄도 모르고 살아가고 있다.

서리는 이맘때쯤 되면 으레 내리는 거지만
옛말에 '여자가 한을 품으면 오뉴월에도 서리가 내린다' 는 말은
참으로 무서운 말이다.

얼마나 살다 가려고 남에게 서운하게 하고 가슴 아프게 하는가?
그 업보는 모두 훗날 다시 자신에게 돌아온다.
자연에게 엄숙하며 감사해 보는 멋진 휴일이 되시길 손 모아 본다.

2023년 10월 16일

한 주가 시작되는 월요일 아침에 활기를 불어 넣어보라
오늘 할 일을 간추려 보니 모든 일에 최선(最善)을 다하라고만 한다.

상관없고 소용없는 한 보따리 글들이 주인 문 열기만을 기다린다.
개똥도 아닌 지나가는 헛소리이건만 뭘 바라고 원하는가?

그렇게 전하고 싶은 내용이 뭐란 말인가?
애매하면 못 알아본다. 꼭 하고 싶은 심정의 말만 나뭇잎에 써서 띄워라.

자신의 자랑은 이불 뒤집어쓰고 알리고
억울하고 힘든 심정이거든 산이나 바다로 가서 큰소리로 외쳐라.

그래도 못다 한 말은 이 계절에 고운 단풍잎을 밟고 발길로
차버려도 되는 든든한 가을 길로 나가면 되지 않는가?

조금 있으면 떠날 채비를 한다네.
낙엽이 되어서 날아간다네.
갔다가 돌아오는 멋쩍은 일은 없으니
오늘이 바로 그 기회가 아니겠는가?

2023년 10월 17일

오늘 따라 기온이 뚝 내려가 날씨가 차갑습니다.
감기에 걸리지 않도록 따뜻한 옷차림으로 집을 나서야겠습니다.

사람이 살아가는 데 눈치가 너무 없어도 문제지만
너무 지나치게 남의 눈치를 보는 것도 문제다.
아무런 상관없으면 눈치 볼 리가 없고
무언가 자신이 바라는 바가 있기에 눈치를 보게 된다.

중심 있는 자는 자신에게 주어진 일에만 충실하며
남의 말에 현혹(眩惑)되지 않는다.
모든 일에 자신이 있기 때문이다.
소인과 대인은 생각하는 것부터 다르다.

성실한 사람은 남이 먼저 알아보기 때문에
자신에게 주어진 일에만 최선을 다하며 살고
다른 사람들이 손가락질하는 사람에게도 자신에게 올 피해를 감수하며
그와 어울리는 자신 있는 대인이 되어야 한다.

소인배에 비유하지 말고
찾기 힘든 대인배를 만나도록 자신부터 달라지고
스스로 그렇게 만들어 나가야 한다.
오늘이 바로 그런 날이다.

2023년 10월 18일

하늘이 맑고 높다.
이 계절이 아니면 어찌 볼 수 있으랴.
나가 보니 좋고 나쁨이 확연(確然)히 눈에 들어오네.

이래서 고맙고 저래서 고마워하니 눈을 뜨게 하고
마음을 뜨게 하는 실타래 같은 인생살이가 아니던가?
엉키지 않으려 애쓰는 게 가엽다.

우연히도 알게 되는 순간이 소중하다.
아무나 흉내 낼 수 없기에 소중한 체험으로 배운다.

오늘도 멋진 하루를 응원한다.

2023년 10월 20일

아침 공기가 많이도 차갑습니다.
집을 나설 때는 두꺼운 외투를 준비하셔야겠습니다.
오늘도 활기차게 시작합시다.

이래도 안 되고 저래도 안 된다는 사실을
빨리 깨달을 줄 알아야 하지만 미련한 인간인지라
이래저래 핑계로만 앞장을 세운다.

핑계 대는 것은 가장 못난 짓이다.
차라리 깨끗한 용서(容恕)의 길을 택하며 살아야 한다.
날이 갈수록 핑계는 늘어나고
용서는 자취를 감추니 이 어찌 순탄할 수가 있겠는가?

잘못을 저지르고도 잘못한 사실을 모르는 건지?
알면서도 덮으려 안간힘으로 버티고 보자는 식인지?
알 수 없는 연기를 하는 희한한 시대가 되어가고 있는 것은 아닌지?

정직(正直)하면 핑계가 나올 수 없다.
핑계는 거짓의 포장지에 불과하기에
오늘만이라도 우리 모두가 깨끗한 마음의 정리를 위하는
멋진 하루가 되기를 응원한다.

2023년 10월 22일

때가 되었다.
이맘때가 되면 아스팔트 도로포장(道路包裝)으로
차량 소통을 제재(制裁)하는 풍경과 함께 도로는 새 단장(丹粧)을 한다.

각 지역마다 남은 예산을 해가 가기 전에 쓰자니 얼마나 바쁠 것인가?
내년 4월의 총선 때 표를 얻으려니
가장 눈에 띄며 빛나는 것이 도로포장 아니던가?

그렇다. 참 속 보이는 그들의 잔치가 속내를 말해 주고 있다.
그렇게 울퉁불퉁했던 도로를 여태 짜깁기만 하다가
선거 때가 다가오니 도로포장을 한다며 선심을 쓰니 말이다.

선심은 필요할 때 쓰는 것이지 자신의 입맛에 맞춰서 쓰는 게 아니다.
선심이 아닌 상대가 필요할 때 쓰는 것이 양심이다.
선거로 무너지는 양심 찾기 요즘 유튜브도 한창이다.

모든 것은 다 때가 있다.
주말을 맞아 단풍 나들이객으로 붐비는 길 막으며 도로포장하는
그 지역을 지날 때 유권자로서 어떤 생각을 할까?

철 지난 옷은 아무리 값비싼 옷이라 할지라도
걸치지 않는다는 것을 알아야 한다.
좋은 계절에 단풍 따라 마음 따라 품격 있게 살자.

2023년 10월 24일

아침은 밝고 하루를 시작하기에 활기가 넘쳐나야 한다.
그런 아침 인사의 글을 써야 하는데
그런 인사말이 날이 갈수록 잘 나오질 않는다.
오늘은 서리가 내린다는 상강(霜降)이다.
가을은 가고 겨울이 오는 것이다.

내 탓인지 아니면 현실적으로 수많은 유튜브의 넘쳐나는 정보 탓인지
오랜 기간 동안 나는 아침 인사의 글을 써 왔다.

나의 글을 읽고 좋아하고 댓글을 달아주는 분들도 있고
때로는 시간에 쫓겨 급히 써서 올린 뒤에 오타를 발견할 땐
참으로 난감할 때도 있다.

그렇다고 글을 수정하다 보면 아침 인사를 저녁 단톡에 올릴 수는 없기에
에라이 모르겠다는 용기(勇氣)로 아쉬움을 삼키며 글을 올릴 때도 있다.

새벽에 글을 쓰다 보면 때로는 피곤에 젖어
잠이 덜 깬 상태에서 글을 쓸 때도 있고
써야 될 글이 전혀 생각나질 않을 때나 늦잠을 더 자고 싶을 때도 있다.

이 단톡 저 단톡 초대되어 카톡 카톡 울리면 긴장도 되고
또 새로운 단톡 초대에 어느새 들어가 있기도 하고
수십 군데에 다 들어가 있다 보니 감당하기 어려울 때도 많다.

특히 정치 성향의 이당 저당 단톡에다 예술인들 방이며
서로 비판에 열 올리는 분위기 속에서 아침 인사 글을 올리는 것이
마음 내키지 않지만 그래도 아침이기에 아침 인사를 한다.

머나먼 외국이며 문화예술분야까지 수도 없는 단톡 초대에 감사하며
될 수 있는 한 초대해 주신 분의 성의를 봐서 나오기보다
인내로 견디다 보니 힘들 때가 참으로 많다.

삼천 명부터 몇십 명 또는 몇 명 있는 방에도 나를 초대해 넣어주니
고맙다 못해 말로는 표현(表現)할 수 없도록 힘들 때가 있다.

단톡이 너무 많아 넘치다 보니 글이 자주 올라오지 않는
숨은 단톡은 한참을 찾아서 글을 올려야 하는 어려움도 있고
또 앱이 차서 지우기를 한 시간 간격으로 해야 한다.
그렇지 않으면 작동이 되질 않기 때문이다.
핸드폰도 용량이 큰 것으로 바꿀 수밖에 없었다.

현대인의 소통은 언제부터인가 만남보다 가장 무난한
단톡으로 소통의 장이 변해 가고 있다.
물론 페이스북이나 밴드며 여러 가지 등등이 있지만
가장 쉽게 접할 수 있는 것이 단톡이라고 생각하는 것 같다.

늘 핸드폰과 함께하다 보니 눈은 엄청 나빠진 상태인데

그러면서 아침 식사는 거의 굶다시피 글을 올리는 이유는
그래도 나의 글에 감사와 응원(應援)을 해 주는 좋은 분들이 있기에
힘을 내서 아침 인사를 올린다.

이 기회를 통해 나를 아껴 주고 사랑해 주는 모든 분들께
개별적으로 답을 드리지 못해 너무나 죄송함을 전하고 싶다.

개인톡은 엄두도 낼 수 없다.
일일이 개인톡을 다 하려면 하루 종일 다른 일은 하지 말아야겠기에
나를 사랑해 주시는 모든 분들께 양해(諒解)를 드리고 싶다.

글을 잘 쓰고 못 쓰고를 보지 마시고 늘 아침 일찍 쓰는
나의 정성이 담긴 글로 곱게 봐 주길 부탁드리고 싶다.

힘들면 그냥 단톡에서 '나가기' 하면 되는 걸
왜 고민하느냐고 물으면 나는 이렇게 말한다.
"나를 초대해 주신 성의(誠意)를 봐서 그런 인내도 없다면
인간관계로 이어질 수 없다"고.

나 역시 단톡을 몇 군데 직접 관리하고 있다 보니
많은 소통의 장애를 경험하고 있기에 관리자들의 고충을 잘 알고 있다.
유튜브는 돈이나 되지만 내가 쓰는 아침 인사는 하루의 시작을 알리는
오늘의 기쁨과 슬픔을 함께하는 삶의 정성이 담겨 있는 글로

기억해 주기를 바라며 오타가 있어도 이해해 주기를 당부드리고 싶다.

나에게 '아침 인사'를 모아 책으로 출간하라고 권하는 분들도 계시고
아침 인사가 고마워 식사대접을 하겠다는 관리자 분도 계시기에
그런 분들로 인해 힘이 난다.
내가 언제까지 이렇게 아침 인사로 여러분들과 함께할지는 몰라도
하는 날까지는 최선을 다하고 싶다.

누가 시킨다고 하는 것은 봉사정신(奉仕精神)이 아니다.
스스로 아무도 하지 않는 길을 간다는 것은 이익(利益)을 따지지 않는
용기가 있기에 외롭고 힘들어도 쉬지 않고 가려는 것인지도 모른다.

> 부정보다는 긍정으로 그동안 저를 아껴주시고 사랑해 주시는
> 모든 분들께 진심으로 감사드리며 늘 건강하시길 기원드립니다.
> 오늘은 장문의 아침 인사 글을 읽어 주시느라 고생하셨습니다.
> 감사합니다.
> 사랑합니다.

2023년 10월 26일

어느새 10월이 저물어 가고 점점 겨울에 가까워지고 있다.
가을은 짧고 겨울은 긴데 추운 겨울에 더 추워지는 것이 서민들의 삶이다.

젊은이가 생활비가 없어 물건을 훔쳤다고 경찰이 입건한 뉴스를 본다.
법을 모르는 자는 벌을 받고 법을 아는 자는 처벌을 면하는
법 요리를 참 잘하는 세상인 것 같다.

듣고 보니 난감하다. 어디 어느 것이 답일까?
바늘 도둑이 소도둑 된다지만 바늘 도둑에게 도둑질한 원인(原因)은
더 이상 알려고 하지 않으며 젊은이의 미래는 걱정도 않고 바로 구속이란다.

듣는 귀가 참으로 난감하다.
이럴 땐 법이 무섭고 소도둑은 법이 무서워 제대로 처리를 못한단 말인가?
이런 난감한 일이 현대판 사법체계(私法體系)라니 가슴이 저려 온다.

난감한 일이 많을수록 이해가 되지 않아
울화가 치밀어 속이 답답해져 온다.
원인을 제대로 알고 결과를 내야 한다.

법이란 공정할 때 신뢰가 간다.
"무엇을 도와드릴까요?"
"국민의 지팡이가 되어드리겠습니다."
언제 어느 날부터 이 간판이 사라져 버렸다.

2023년 10월 27일

깊어가는 가을을 길거리에서 느낄 수 있다.
뒹구는 낙엽 밟는 소리에 누구나 시인(詩人)이 된다.

감성에 젖기에 좋은 시간이다.
이때가 아니면 이렇게 고운 단풍잎을 어디서 만나리.

떠날 준비를 하더라도 가을엔 이별(離別)을 하지 마라.
이별하지 않아도 쓸쓸하다.

비에 젖은 겉옷은 벗으면 되지만 낙엽 밟는 소리에는 마음이 젖는다.
무거운 마음 비우러 그냥 거리로 나가 보라.

사람으로서 힘든 마음의 치유는 자연이 해 준다.
고마운 이 계절이 다 가기 전에 낙엽을 밟으러 가자.

2023년 10월 28일

벌써 10월의 마지막 주말(週末)입니다.
그동안 미루어 왔던 일들이 있으시면
잘 마무리하시길 바랍니다.

단풍잎이 곱다는 것은 밖으로 나가서 봐야 알고 집 안에 있으면 모른다.
모든 것을 직접 체험하는 것만큼 좋은 학습은 없다.

남이 나에게 잘 대해 주기를 바라지 말고 먼저 남에게 잘 대해 주어라.
모든 것은 상대적이다.

해 준 것도 없이 늘 피해만 주는 자는
인연(因緣)이 끝난 때에도 한결같이 피해만 주고
잘 대해 준 이는 끝나도 한결같이 잘 대해 준다.

오랜 인연으로 가는 것은 자신이 택한 것이며
끊어버리는 것 역시 자신에게 달린 것이다.

계산은 빠를수록 좋다지만 인간관계에서는 계산할 줄 모르며 살고
현명한 사람은 인연의 소중함을 알기에 사람을 귀하게 생각한다.

이달이 다 가기 전에 누군가에게 소홀함은 없었는지
한 번쯤 돌아보는 숙연함으로
10월의 마지막 주말을 후회 없이 보내면 좋겠다.

2023년 10월 30일

10월의 마지막 주가 시작되는 월요일 아침이 밝아오고
알록달록 고운 단풍잎은 도시의 아파트 속까지도 파고 든다.

시골 풍경이 울긋불긋하려면
늦장을 부리고 있는 환경변화(環境變化)의
새로운 가을 변신으로 가는 서글픔이란다.

단풍마저 사라지고 그냥 낙엽(落葉)이 된다니
그렇게 요란스런 환경은
낙엽이 되어 어디로 날아갔는가?

단풍 없는 낙엽이 되면 가을은 더욱더 쓸쓸해진다.
고독한 가을은 좋다.
고독할수록 감성과 예술은 진가를 발휘하니까

한 번쯤 누구도 흉내 낼 수 없는 가을 사람이 되어 보자.
인생의 무상함을 느끼게 하는
이 가을이 가기 전 누구나 예술인이 될 수 있다.

찌들은 삶의 흔적을 한 번쯤 내려놓고
길거리에 뒹구는 낙엽을 숙연함으로 바라보며
인생을 생각하는 감성을 담고 이 가을 막바지 오늘을 보내자.

2023년 10월 31일

어느새 10월의 마지막 날 아침을 맞는다.
이 아침에 소중함을 느끼며

이렇게 세월이 흐르고 있었는지도 모르고
마냥 10월인 줄로만 알았는데 오늘은 다르다.

순간순간의 엇갈리는 희비 속에 살기 바빠 세월 가는 줄도 몰랐다.

이미 지난 일들에 감사하고 또 새로운 내일을 만들어 가야지.

인생은 어차피 쓸쓸하고 가을은 더 쓸쓸하기에
허전한 마음 따라 아무것도 모르는 낙엽이 거리에 뒹군다.

2023년 11월 1일

11월의 새로운 아침이 밝아왔습니다.
훌쩍 떠나 버린 시간들이 참으로 많이도 흘러갔지만
얼마 남지 않았음을 탓하지 말고
금쪽 같은 시간을 아끼며 오늘도 활기차게 출발합시다.

남은 올 한 해가 저물어 감을 아쉬워한들
무슨 소용이 있으랴.

쌀쌀한 날씨에 입김 나는 월동 준비하기도 바쁜데
몸과 마음이 함께 따뜻하고 편안한 겨울 준비는
뭐니뭐니 해도 경제가 잘 돌아가야 무사태평(無事泰平)이다.

노숙의 신사도 한때는 강남신사였다지?
그러나 이맘때가 되면 걱정거리 안겨 주는
맘 편치 않은 거리를 지날 때 생각이 많아진다.

지나간 힘든 일은 힘든 대로 고마웠고
다가오는 새로운 날에 감사할 때
싫든 좋든 모든 것을 생각할 줄 아는 성숙함이
인간의 도리(道理) 아니겠는가?

2023년 11월 3일

낮과 밤의 온도차가 심하니 건강에 유의하시고
오늘 아침은 안개로 자욱하니 안전운전하시길 바랍니다.

울궈 먹어도 너무 울궈 먹지 말아야 그나마 질리지 않는다.
남의 단점(短點)을 홍보영상이나 유튜브로 지나치게 반복해 올리거나
단톡에 올리는 횟수가 지나치면 보는 눈 피곤하고 유아틱해 보인다.

한 가지 내용으로 몇 년을 울궈 먹고도 모자라
뻑하면 단톡에 올리는 무성의한 모습을 보면
건성으로만 보여 안타깝다.

듣기 좋은 꽃노래도 한두 번이다.
대단한 영웅인 양 자기도취에 빠져 있는
유튜브 역시 깔끔해 보이지 않는다.

자기도취에 빠진 자는 어떤 충고도 약도 듣지 않기에
오직 자신의 정신수양(精神修養)이 필요하다.

모든 것은 적당할 때가 좋다.
누구나 보고 편하게 느끼며 현실에 맞는
모두를 위한 홍보를 하고 그런 글을 쓰자.

2023년 11월 4일

계절이 혼돈에 빠져 갑작스런 기온 상승으로 인한
초겨울이 아닌 초여름 같은 날씨가 일어나는 며칠간이다.

더운 여름은 벌써 지나갔고 가을도 지나간
계절로서는 초겨울이 다가와야 당연하다.

늦장 부리고 있는 날씨를 탓만 해 본다.
당연함이 희미하게 안개처럼 사라져간다.

답이 나올 수 없으니 애매할 수밖에 없는 게 아닌가?
난처함을 피하려면 애매할 수밖에 없는 게 정답인가?

정답이 사라진다고 영원히 사라지지는 않겠지만
시간이 다 말해 주니까 제 계절은 다시 올 것이다.

주말의 날씨는 오늘 하루를 말해 주기도 하니
하고 싶은 일에 손발 맞추며 의미 있게 멋진 주말을 보내자!

2023년 11월 5일

화려한 겉치장에 눈길 뺏겨 후회(後悔)할 땐 이미 때는 늦다.
초심을 찾아도 빛바랜 지 이미 오랜 세월 지나갔다.

시작이 너무 화려해 쳐다보기가 눈이 부셨는데
얼마 가지 않아 시력을 잃고 보니 익숙하지 않은 쓴소리는
간사함의 극치이고 화려한 잔치가 아니었던가?

가소로워 차마 눈 뜨고 볼 수 없는
진풍경이 다가올 겨울이 어이가 없다.
가볍게 쫄랑대던 그들 속에서 무게가 어찌 나오길 기대하며
이미 엎질러진 물인데 무슨 기대를 하는가?

소문난 잔치에 먹을 것 없다고
예부터 전해 왔건만 아직도 미련한 자들의
안목(眼目)은 그대로 멈춰서 소리만 요란하다.

사공이 많으면 배는 산으로 가고
집안에서 새는 쪽박은 나가서도 샌다.
귀가 얇으면 훗날에 남는 것은 후회뿐이고
우직하게 언행이 일치해야 화려하지도 후회하지도 않게 살아간다.

2023년 11월 6일

계절에 맞지 않게 폭우가 쏟아져 내리는 월요일 아침
빗길에 안전운전하시고 비 피해 없으시기를 손 모아 봅니다.

바람 불고 비가 오는 우중(雨中)에 한결 마음이 무거워진다.
생각에서 오는 신호는 하루의 기분을 좌우하기에
밝은 생각으로 바꾸려 애를 써야 한다.

밝은 얼굴은 미소 짓는 얼굴
늘 어두운 얼굴은 우수에 젖어 있다.

고민에 쌓여도 웃는 얼굴이 있고
고민이 없어도 늘 찡그리는 얼굴이 있다.

밤새워 고민해도 해결되지 않을 문제라면
차라리 환하게 웃을 때 좋은 운이 올 수도 있다.

미소 띤 얼굴에 보는 사람들의 기분이 좋아지고
웃는 자신도 건강을 위해 좋다.

늘 웃는 얼굴로 오늘 하루를 지내볼 일이다.

2023년 11월 7일

비바람이 몰아친 뒤라 아침 기온이 뚝 떨어졌다.
엊그제만 해도 초여름이었는데 지금은 다시 초겨울이다.
따뜻한 옷차림으로 집을 나서야겠다.

현대사회를 살아가려면 소통이 우선이다.
소통(疏通)이 불통(不通)되면 어떤 일도 함께할 수가 없다.

긍정적인 생각을 하는 사람과 부정적인 생각 속에 사는 사람은 다르다.
달라도 너무 다르기에 정직한 사람과
거짓되며 허풍떠는 자
욕심 많고 자기 아집이 가득 찬 자
자기 자랑하는 데는 날이 새는지도 모르고 남에게는 인색한 자
눈치코치 없이 분위기 파악 못하는 자
이런 극과 극의 관계는 소통이 될 수가 없다.

습관화된 생활은 변덕 부리는 날씨처럼 바뀐다면 좋으련만
인간은 그렇게 쉽지가 않다.
소통이 잘 되는 사람은 늘 주변에 많은 사람이 따르게 마련이고
어디를 가도 사랑을 받기에 사람 만나기를 힘들어 한다.

만나면 소통이 잘 된다는 것은 남을 배려하고
피해를 주지 않으며 도움을 주는 따뜻한 마음이다.

2023년 11월 8일

오늘은 입동(立冬)입니다.
겨울을 알리며 기온이 뚝 떨어진 아침에
따뜻한 옷차림으로 하루를 활기차게 시작합시다.

올겨울 나기가 쉽지 않다고 서민들 걱정이 태산이다.
난방비(煖房費)며 김장도 해야 하는데 물가는 안 오른 게 없는데
이당 저당 정치인들은 총선준비에 총력전 펼치느라
서민들의 월동준비(越冬準備)엔 아무런 관심도 없다.

누굴 위한 세상인가?
권력을 거머쥐고 싶은 자들의 횡포인가?

권력을 쥐고 싶다면 시장 보러 직접 한 번
지하철 타고 버스 타고 달동네로 나가 보고
며칠 살기를 서민들이 살고 있는 동네로 가서
직접 체험하며 살아봐야 그 고충을 안다.

서민들에게 다가간다고 늘 말만 할 게 아니라
직접 가서 경험해 보라.
추운 겨울을 잘 해결해 주는 자들을
올 겨울은 꼭 지켜볼 것이다.

2023년 11월 9일

차가운 겨울이 창밖으로 와 닿으니
따뜻한 걸 바라는 마음은 당연하다.
하지만 때로는 당연한 것이 멀게만 느껴질 때가 있는 게 삶이다.

엊그제만 해도 낙엽 밟는 소리를 듣지 않았던가.
익숙하지 않은 생소(生疎)함도 시간이 지나면 자연스럽게 스며든다.

그러려니 저러려니 하다 보면 허송세월만 흘러가고 남는 게 없다.
좋은 자리에서 길게 가려면 싫은 소리 하지 않고
일 만들지 않으며 조용히 있으면
그 또한 오래 가고 욕도 안 먹을 수 있으나 결과는 없다.

그게 뭐야 어떤 자리에 있었다는 흔적은 남겨야지
차려준 밥상만 받아먹고 오래 살아봤자 무슨 의미가 있을까?

자신에게 주어진 현실에 어떤 흔적을 남길 것인지는
자신의 어떤 생각과 행동이 내일에 흔적으로 남게 된다.
무슨 흔적을 남길 것인가 말 것인가는 자신의 몫이다.

2023년 11월 10일

아침을 밝히며 어두움을 걷어내는
태양의 밝은 힘으로 하루를 시작한다.
사람 역시 그 사람만 만나면
주변이 환해지는 그런 사람이 있다.

그 사람으로 인해 함께하는 순간이 기분 좋고
헤어지기가 싫어지는 그런 사람이 있다.

시간 가는 줄 모르게 하는 그런 편안한 사람이 있는가 하면
남의 것은 내 것이고 내 것도 내 거라며
남의 물건은 함부로 대하고 내 것은 소중하게 여기는
그런 염치 없는 사람도 있다.

세상이 많이도 변하고 달라지고 있다.
시대에 맞게 마음 씀씀이도 세련되게 변해야
주변을 환하게 비출 수 있다.

만나는 사람마다 기분 좋게 하는 그런 사람은
누구에게나 기다림을 준다.
그리고 신뢰(信賴)와 사랑을 받는다.
우리는 그렇게 살아야 한다.

2023년 11월 11일

메뚜기도 한철이라
출판기념회 열고 지역민들 만나 인사하느라
선거 후보생들이 요즘 엄청 바빠졌다.
그런다고 유권자(有權者)들이 솔깃하지는 않는다.

민생문제(民生問題)부터 해결할 생각은 하지 않고
선거철만 되면 갑자기 다정하게 다가오는
후보생들의 행진에 유권자들은 속으로 웃는다.

생전 연락 한 번 않다가 자신의 출판기념회에 초대라네.
다른 사람 출판기념회 때는 코빼기도 안 보여 놓고선
참으로 얼굴도 두껍다.

지역 행사마다 얼굴 내밀고 다니기도 바쁠 텐데
생전 연락 한 번 하지 않다가 때가 때이니만큼
다정한 척 다가오는데 겁이 덜컥 난다.

평상시에 정성으로 사람을 대하고 지금의 힘든 여건에서
민생문제 해결부터 하는 정당이나 후보가 당선되어야 한다.
뿌린 대로 거둔다.

때가 되어서 나대지 말고 늘 한결같이 유권자들을 섬겨야 한다.
내일을 생각하고 늘 실천했다면 남들이 먼저 알아서 도와줄 거다.

2023년 11월 12일

초겨울 찬바람은 월동준비를 하라 한다.
아낙네들 손길이 바빠졌다.
주말을 맞아 김장을 담그느라 온 가족이 함께하는 모습은 보기도 좋다.

준비해서 나쁠 것은 없다.
미리 대비하는 준비성은 여유로운 삶을 살 수 있다.
쫓기며 사는 삶과 다르다.

추운 겨울은 서민들에게는 더욱 길게만 느껴진다.
주변에 소외되고 외로운 곳마다 따뜻한 손길로 살펴야 할 때다.

작은 손길이 모이면 큰 힘이 되어 모두가 행복할 수 있다.
나만이 잘 살고 행복해야 된다가 아닌 모두가 행복해야 할 때다.

2023년 11월 13일

한 주가 시작되는 월요일 아침 영하의 기온으로 내려갔다니
감기에 걸리지 않도록 따뜻한 옷차림으로 하루를 시작합시다.

지금 세계 곳곳에서 난리 아닌 난리가 났다.
상상도 못하는 일들이 눈 깜박할 사이에 일어나고 있음을 볼 수 있다.

지진이나 전쟁으로 인한 피해가 말할 수 없을 정도로 많이 일어나
한순간에 힘없는 어린 생명들의 많은 희생을 보니 말문이 막힌다.

어찌 이리도 애달프단 말인가?
뉴스를 보기에 겁이 난다.
가슴 아픈 재앙(災殃)이 아닐 수 없다.

아웅다웅 물고 뜯고 싸우지 말며 살자.
언제 닥칠지 모르는 재앙으로 불안전한 하루하루를 살고 있다는 것에
긴장하고 사람을 사랑하며 아끼고 오늘에 감사하자.

모든 것은 한순간이다.
좋은 마음씨로 늘 최선을 다하자.
인생은 사는 게 요란하지만 인생이 가는 길은 예약 없는 순간이다.
오늘에 진실한 마음을 다하자.

2023년 11월 15일

오늘은 11월의 중심이다.
어느새 이리도 시간이 많이 흘러갔는지 빠르기도 하다.

지지고 볶다 보니 세월 가는 줄도 모르고 살고 있다.
하루도 편한 날이 없는 것은 많은 것을 포용하려는 마음이다.

혼자만 잘 되려 욕심 채우지 말고
함께하려는 협동정신이 있을 때 더 큰 길로 나아갈 수 있다.
욕심을 이겨내야 한다.

세상이 아무리 험하고 힘들수록
함께하려는 각오(覺悟)가 있는 사람과 같이 가야 한다.

자기 이익만 추구하는 자는 멀리 갈 수도 성공할 수도 없다.
고통도 행복도 함께하는 사람이 되려고 노력을 해야 한다.
노력 없는 근성은 넋 나간 허수아비에 불과하다.

정성으로 함께하는 방법을 알아야 한다.
욕심을 버리면 정성이 저절로 나온다.

2023년 11월 16일

오늘은 대입 수험생(受驗生) 여러분들께 열렬한 응원(應援)을 보냅니다.
늦지 않도록 준비물 잘 챙겨서 따뜻한 옷차림으로 집을 나서야겠습니다.

그동안 쌓아 놓은 실력을 마음껏 발휘할 기회입니다.
초조한 마음 내려놓고 편안한 생각으로 차분하게 시험 잘 치르시길 바랍니다.

그동안 부모님들께서도 고생 많으셨습니다.
편안한 마음으로 좋은 하루 되시길 기원(祈願)합니다.
모든 수험생 여러분, 열렬하게 응원합니다.

2023년 11월 17일

눈비가 또 내린다는 소식은 본격적인 겨울을 알리는 소리라
오던 비가 눈으로 내릴 수도 있다니 안전운전하시길 바랍니다.

눈비가 오고 나면 더욱 추워질 테지
겨울은 그래서 서서히 다가온다.
서서히 다가와 서서히 사라지는
기후변화를 누가 막을 수 있으랴.

사람의 마음과 똑 같다.
초심(初心)으로 오랜 기간 변덕 부리지 않고
꾸준히 가는 사람을 만나기가
하늘의 별 따기가 되었다.

작은 관심과 이익에도 고개 돌리는
초스피드의 현대판 소인배들이 너무나 많다.
자신이 한 언행은 돌아볼 줄 모르고 남 탓만 계속하는
그 잘나빠진 자들의 추태에 편안할 날이 없다.

대인은 묵묵히 자기 갈 길을 행동으로 한다.
행하면 될 것을 무슨 말이 필요한가?
말이 많으면 가치만 떨어뜨린다.
비가 오나 눈이 오나 자신의 갈 길을
떳떳하게 오늘도 가면 된다.

2023년 11월 18일

눈비가 온 주말 아침 기온이 올 들어 가장 뚝 떨어져
빙판길인데 안전운전에 유의하시길 바랍니다.

요즘은 하나같이 내년 총선에 관한 얘기가 주류다.
정치 근방에도 가보지 못한 자들의 말에 현혹되는
귀가 얇은 자들이 많아 문제가 많다.

정치에 관심(關心)이 있다면 정치를 전공하고
벽보에 한 번쯤 얼굴 사진 붙여도 보고
출마해 본 경험(經驗)을 갖춘 자가 말하면 그래도 들어볼 만하다.

사람들에게 허리 굽혀 겸손한 태도로 인사도 해 보고
자신의 동네에 골목마다 뭐가 필요한지?
중앙당 조직체는 잘 조직되어 가는지?
점검 정도는 해 본 정치인의 말이 필요하지
주변에 어슬렁거리는 자의 말에서 무엇을 얻을 수 있을까?

경험 없는 간접적인 말로 현혹하는데 신경 쓸 필요가 없다.
직접 경험한 자와 안 한 자의 차이는 하늘과 땅이다.

제대로 알고 지지하면 경험한 자를 따라갈 수 없다.
돈과 많은 시간으로 마음 상하며 얻은 정치 경험이
하루아침에 얻어지는 게 아닌 소중한 자산이기 때문이다.

2023년 11월 19일

어느새 겨울이라 날은 추워 오고
여기저기서 김장 담그는 아낙네들의 손길이 바빠지는 시기다.
주말을 맞아 가족 간에 함께 김장하는 모습은 보기도 참 좋다.

한편으론 외롭게 홀로 계시는 분들도 많은지라
주변 이웃도 돌아보며 소외되신 분은 없는지?
따뜻한 정으로 함께한다는 것은 추운 겨울에 온기를 더한다.

서민들에게는 사계절 중에서도 가장 힘든 계절이 겨울이다.
도시에서야 따뜻하게 난방 잘 되는 아파트 속에서
훈훈하게 보낼 수 있지만
시골의 낡은 주택에서 겨울나기란 쉽지는 않다.

춥고 더운 건 똑같이 느끼며
기쁘고 슬픈 것 역시 똑같이 느끼는데
살아가는 생활환경은 너무나 다르기에 도시와 시골의 격차는 심하다.

도시와 농촌에서 모두 살아본 사람만이 알 수 있으며
장단점으로 불편함을 잊어버리고
습관적으로 살 수도 있는 안타까운 일이다.

그런 애로사항을 잘 헤아려서 해결해 주는 기관이 정부기관이다.
세심한 배려는 모든 국민을 행복하게 한다.

2023년 11월 20일

아침의 기분은 하루를 좌우하므로 좋은 마음가짐이 필요합니다.
한 주가 시작되는 월요일 아침을 맞아 활기차게 시작합시다.

농촌의 겨울은 도시보다 더 빨리 온다.
엊그제만 해도 무성한 푸른 잎을 자랑했던 무랑 배추가 자리를 감추니
그 자리가 뭔가 모르게 헹하기만 한 밭떼기를 물끄러미 바라다본다.

이맘때가 되면 뭔가 모르게 텅 빈 느낌이 스며드는 것은
감성을 내뿜던 늦가을마저 떠나가 버린 아쉬움이 아닐는지?
그래 맞다. 허전함을 느끼는 시기가 바로 이때가 아니던가?
들판에 풍요로움이 겨울나기로 집안으로 다 들어가 앉아 있다.

사라졌기에 가까워질 수도 있지
가까이 있을 땐 귀한 줄 모른다.
눈에서 멀어져도 늘 생각나고
눈앞에 있어도 멀게만 느껴지는 것이
다 마음에서 오는 게 아니더냐?

그래서 감사(感謝)하고 저래서 감사하자.
그러다 보면 감사한 일만 늘 생긴다니
이 얼마나 감사한 일이 아니더냐?
순간순간마다 감사를 하며 오늘에 최선을 다하자.

2023년 11월 21일

겨울은 차갑고 여름은 뜨겁다.
겨울같이 차가운 사람도 속마음은
한여름같이 뜨거울 수 있다.
여름같이 뜨거운 사람도 심장 속
마음은 차디찬 한겨울일 수 있다.

자신의 마음 점검을 한 번쯤 해 보면 답을 찾아볼 수 있다.
차가운가 뜨거운가?
겉과 속은 똑 같은가?

너무 겉과 속에 다름이 많다면 가식이 되고
이중성격이 지나쳐 교활(狡猾)해질 수도 있기에
늘 마음 바로 세우기에 스스로 정신수양을 하며 살아가야 한다.

사람이기 때문에 정신수양이 필요하다.
짐승들은 정신수양이 필요 없다.
정신은 사람을 사람답게 만들기 때문이다.

혼자서 답을 내지 말고 누군가가 가장 많이 들려준
자아를 찾아서 다듬는 노력이 필요하다.
날씨가 차가운 이 겨울을 따뜻하게 보내야 되지 않겠는가?

2023년 11월 24일

기온이 내려가 날씨가 많이 차갑습니다.
따뜻한 옷차림으로 집을 나서야겠습니다.

겨울엔 따뜻한 난롯불 가까이로 사람들이 모여들 듯이
총선이 가까워 오니 후보(候補) 지망생들 역시 다양한 행사로
사람들을 많이 모으려 애를 쓰고 있다.

평상시에 잘 해 온 후보와 새롭게 도전해 오는 후보
몇 선을 해도 지역을 위해 일해 놓은 게 없는 있으나 마나한 후보
이런 후보들의 심판(審判)이 다가오고 있다.

지역 유권자들은 자신이 살고 있는 데를 얼마나 발전시켰느냐를
이번 선거에는 어느 선거 때보다 더 강하게 판단할 것이다.

지금의 정치인들이 하는 모양새를 보고
너무나 놀라고들 있기 때문이다.
그래서 유권자들은 단단히 벼르고 있다.

지역발전을 시킬 수 있는 추진력 있고 유능한 후보를 찾을 것이다.
선거 때만 얼굴 내미는 올빼미 같은 후보보다
늘 지역민들 가까이에 서 있는 그런 후보를 응원하고 선택할 것이다.
그날이 서서히 다가오고 있다.

2023년 11월 26일

올겨울 들어 가장 추운 오늘
한파로 인해 따뜻한 옷차림으로 건강에 신경 써야겠습니다.
앞으로 더 추울 수밖에 없는 것은 겨울이기 때문입니다.

겨울은 겨울다워야 하고 여름은 여름다워야 한다.
사람은 사람다워야 하고 동물은 동물다워야 한다.
똑같은 사람인데 권력이란 무게가 더해지면 완전히 변하는 사람이 있다.
이 추위에도 공천 때문에 말썽이다.
정당 공천에 연연하는 자들이여! 배지 달고 뒷짐 지고 어슬렁거리며
특권(特權)이란 특권을 다 누린 그들이 공천 때만 되면 번쩍인단 말인가?
나 아니면 안 된다는 식으로 또 나서려 드니
이제 주변 사람들 더 이상 힘들게 하지 마라.
배지 달았을 때 주변의 고마운 분들에게 직접 찾아 나서
따뜻한 밥 한 끼 대접한 적 있는가?
열심히 활동해서 능력을 인정받으려면 일을 제대로 해야지
마구 나대서 될 일이 아니다.
때가 때이니만큼 특권에 대해 누릴려고 생각하지 말고
겸손하게 헌신할 생각으로 평상시에 살아왔어야지
오락가락하지 않고 착실하게 자기 일하며 의리 있는
인성을 가지고 묵묵히 갈 길을 가는 사람다운
사람은 다 알아보기에 공천 걱정하지 않아도 다 알아서 해 준다.
후보가 되려면 미리 바쁘게 살아야 하며
오늘 같은 주말이 더 바쁘다는 것을 알고 초심으로 살아야 한다.

2023년 11월 27일

11월 마지막 한 주가 시작되는 월요일 아침입니다.
차가운 날씨에 건강 유의하시며
이달에 미루었던 일들 마무리 잘 하시기 바랍니다.

세월이 갈수록 안타까운 것은
계획(計劃) 없이 살아온 지난날을
미리 생각하지 못하고는
지금에 와 힘들어하는 자신의 책임이다.

힘들게 했던 일들마저도 좋은 인생 경험으로
시간이 갈수록 확고하게 자리한다.
그때는 그 생각이 최선의 생각이었고
오늘의 생각이 다를 뿐이다.

지금 힘들다고 징징대지 말고
내일에 대한 계획을 세워서 지켜나갈 때
그 길만이 현명한 길이 된다.
지금까지 힘들게 한 일이 기쁜 일보다 더 많았을 거다.

계획한다는 것은 이미 지난 일들을 잘 정리하고
새로운 각오로 마음 준비를 한다는 것이다.
이달이 다 가기 전에 버릴 것은 버리고
지금이라도 내일의 계획을 세우자.

2023년 11월 28일

2030 엑스포 최종 개최지를 결정하는 운명(運命)의 날이 다가왔다.
대한민국의 부산과 사우디아라비아의 리야드
그리고 이탈리아의 로마 등 3개 도시가 각축전을 벌이는 가운데
최종 투표가 있을 프랑스 파리 현지에 세계의 관심이 쏠리고 있다.

후보국들은 현지시각으로 오후 1시 반
한국시각으로 오후 9시 반부터
최종 경쟁 프레젠테이션을 실시한다.

기호 1번 부산을 시작으로 각 20분씩
1시간 동안 최종 발표를 이어나간다.
현재 각국의 최종 프레젠테이션 연사와 내용 전략 등은
베일에 싸인 상태다.

최종 연사로 우리나라에선 국제적 영향력을 갖춘
반기문 전 유엔 사무총장이 유력하게 언급된다.

세 후보지 중에서 사우디가 선두를 잡았다는 평가가 있긴 하지만
2차 투표까지 갈 경우 우리나라도 기대해 볼 만하다니
우리 모두 열렬한 응원을 보내야겠다.

2023년 12월 1일

올해도 마지막 달인 12월이 드디어 왔다.
지나간 날들을 돌아보지 아니 할 수 없는 달 12월이다.

그동안 어지럽혀 놓은 모든 것들을
정리(整理)하며 치워야 하는 바쁜 달이기도 하다.

시작이 있으며 끝이 있는 법 기뻐서 웃던 시간들보다
힘들게 한 시간들이 더 많았는데 이참에 싹 치워 버리고 가자.

춥지만 어쨌든 12월이 나타났다.
12월의 첫날로서 바쁜 의미 있는 인사를 하며 멋진 12월을 응원한다.

2023년 12월 2일

겨울비가 온 뒤라 조석으로 기온차가 심하므로
감기에 걸리지 않도록 건강에 유의하시며
행복한 12월의 첫 주말을 응원합니다.

12월이 되면 잊고 지내오던 사람이 더 생각나는 달
곧 한 번 만나야지, 하며 마음먹은 지 꽤나 오랜 시간이 흐르고
어느새 한 해의 끝자락에 들어섰네.

초입(初入)에 들어선 섣달을 그냥 보낼 수 없어
오늘에야 마음을 다잡아 본다네.
어떻게 살고 있는지 건강이나 한지?
가정 형편은 좀 나아졌는지?

마음 한구석에 생각나는 그런 인연의 향기는
이맘때가 되면 더욱 간절해지는 것은
인간의 감성에 기본이 아닌가 싶네.

그래서 꼭 만날 사람은 먼저 찾아 만나야 마음이 편하다.
나를 위하고 너를 위하니 이 어찌 웃고 기뻐하지 않을쏘냐.

12월의 의미는 자신을 기쁘게 하는
지혜와 기술이 필요할 때다.
오늘의 멋진 주말을 응원한다.

2023년 12월 3일

휴일이며 주일날이다.
오늘도 기도하러 간다.
습관이 되어 버린 수십 년이 지나니
성경책을 보지 않아도 줄줄 기도문을 외운다.

누구를 위해 종교(宗教)를 선택했고
믿느냐고 물으면 어떤 대답이 우선일까?
하느님 자기 자신과 가족들 그 주변이 우선이겠지.
그러나 정작 신실한 신자로 겉과 속이 너무 다른 목적을 가진 자를
과연 신실하다고 볼 수 있을까?

한 주간 할 짓 못할 짓 다해 놓고 종교인이라 떠들어대는 소리에
다니던 종교도 때려치우고 싶어진다.

조계종 총무원장을 지내신 자승스님께서 휴식차 다니러 오신
하필 안성 칠장사에서 화재로 발견된 법구라니 참으로 안타깝다.
오늘 조계종에서 종단장으로 다비식을 한다니
그분의 명복을 빌어본다.

종교를 떠나 무신론자도 마음 수양을 잘하는 것은
욕심 없는 마음이 아닐까?
자신의 마음부터 다스리고 신앙인이라고 말하자.

2023년 12월 5일

창문이 환하게 밝아오는 것을 보려니
날이 밝아오는 하루를 활기차게 시작하라고 알리네.

눈뜨자마자 핸드폰과 인사를 한다.
웃다 울게 하는 이 요술폰이
사람 마음을 요리조리 요리하는 하루가 시작된다.

마타도어로 진실을 분간하기조차 힘든
이 요술쟁이 속 인물들을
눈이 빠지게 쳐다보다 화가 확 치밀어 오른다.

금방이라도 뭐가 일어날 것처럼 오두방정을 떨지만
속 껍데기 내용은 곧 '좋아요' '구독'을 해 달라는
뭐니뭐니 해도 머니라.

욕심이 목까지 차고 오만 손가락질을 다 받아도
끄떡없는 참 요상한 요술폰 속을 들여다보며
오늘도 웃고 울며 머니는 그 속에서 또 싹이 튼다.
언제까지 이럴 건가?

2023년 12월 7일

오늘은 대설(大雪)이다.
대설 무렵에는 눈이 많이 온다고 하나
실제로 눈이 오는 날은 그리 많지 않으며
본격적인 추위는 동지 무렵부터 시작한다.

농촌에서는 대설 때 눈이 많이 내려
보리밭을 덮으면 보리농사가 풍년이 든다는
말도 옛말이 되고 말았다.

기후변화로 오늘 낮부터 포근해진다니
아직은 큰 추위는 없는 것 같지만
앞으로 겨울나기에 서민들의 걱정이 크다.

겨울 난방비며 경제 사정이 갈수록 더 힘들 수 있다니
이 위기를 기회로 바꿀 생각은 않고
이당 저당 모조리 아우성 소리만 들리니
해결책은 언제나 나올꼬.

정치인들은 개개인의 이익보다 국가를 먼저 생각하는
선국후당(先國後黨)의 정신이 우선이다.
그래야 어려운 민생이 해결되는 길이다.

누구를 위해

누구를 위해 태어났는가?
　　바로
　　나

누구를 위해 살아가는가?
　　바로
　　너

누구를 위해 죽어 가는가?
　　바로
　　너와 나

2023년 12월 8일

어느샌가 한 주가 훌쩍 떠나간다.
월요일인가 했는데 어느새 금요일이라.
세월(歲月)이 갈수록 조급해지는 마음은 연말연시를 맞는 이맘때다.

출판기념회니 그림 전시회니 음악회니 산악회니
행사 초대도 많고 모임도 많다.
그냥 빈손으로 가는 곳이 아니다.
초대장 뒤에는 꼭 후원금 계좌가 뒤따른다.

일면식도 없고 이름마저도 생소한 이들에게
후원금을 넣어주고 참여할 사람들이 얼마나 될꼬?
그렇다고 안부(安否)문자도 한 번 없었고 연락처도 모르는데 후원이라
참 뻔뻔한 생각을 하는 자들이다.

목표도 없고 뻔뻔한 자일수록 고마움도 모른다.
이런 사람이 훌륭해 본들 얼마나 훌륭할까?
내 돈 천원 한 장이라도 아까우면
남의 것도 아껴 줄 줄 아는 양심이 있어야 한다.

세상에 공짜는 없다. 공짜 속에 울다 폭발되면 감당이 어렵다.
비밀은 영원하지 않다.
물질 만능시대라지만 지킬 것은 지켜야 한다.
앉을 자리 누울 자리 정도는 구분하며 능력 안 되면 집콕이 좋다.

2023년 12월 9일

포근한 주말 아침을 맞아 나들이 계획 있으신 분들께서는
편하게 다녀오셔도 좋을 것 같습니다.
멋진 주말을 응원합니다.

아무리 좋은 말을 해도 듣지 않으면 그만이고
아무리 좋은 책을 읽어도 행하지 않으면 그만이다.

그 집안에 얼마나 많은 책이 있느냐가 중요하지 않고
얼마나 많이 읽고 행하느냐가 중요하다.

책 읽는 자들은 많으나 행하는 자는 적다.
이것이 현대판 문제로 잘난 사람들의 양보도
타협도 없는 아우성 소리만 높다.

한 해가 다 가기 전 지금까지의 삶을
과연 잘 살아왔는지 자신을 제대로 점검(點檢)해 보는
의미 있는 주말이 되길 빌어 본다.

2023년 12월 12일

나라 위해 만들어서 채워준 완장은 특권(特權)으로 똘똘 묶여서
실마리가 풀릴 기미조차 보이지 않는다.
특권을 누려본 맛에 취해 있는데 어떤 말이 통할 리 없고
바위에다 계란 치는 격이라.

여러 법이 필요 없다.
배지 단 모든 자들은 국민과 시민을 위한 특권은 물론이거니와
무보수의 봉사로 간다면 정당끼리 싸움질할 틈도 없는
각 봉사 단체장으로 선발한다면 사회는 자동으로 평온해지고 아름답다.

봉사정신은 간 곳 없고 특권만 난무하니
국민들 보기를 우습게 보는 못돼 먹은 버르장머리를 고치는 길은
모든 유권자들이 용기 있는 선택의 법으로 나가야 한다.

특권은 현시대에 맞지 않다.
먹고 살 만한 양반들이 뭘 더 원하고 계시나
힘든 서민들도 다 잘 이겨내고 있는데 말이다.

올 한 해가 저물어 가기 전 뜻있는 후보의 길로
스스로 4월의 봄꽃을 피우며 갈 생각은 없는지
유권자로서 묻고 바라고 싶다.

2023년 12월 13일

추운 겨울이라고 창문을 꽁꽁 걸어 잠그지만 말고
한 번씩 창문을 열어 환기를 시켜줄 때
집안 공기까지 시원하게 순환(循環)이 된다.

건강을 위해서도 좋고 기분 또한 좋아지게 되는 순환은 사람이 한다.
고인 물은 썩어서 냄새만 나니 흐르는 물로 살아야 한다.

'맹모삼천지교(孟母三遷之敎)' 라고
맹자의 어머니가 맹자에게 좋은 교육 환경을 만들어 주기 위해
세 번 이사한 일은 우리에게 지금도 큰 교훈이 되고 있다.

변화는 새로움을 줄 수 있다.
시간이 갈수록 온통 혼탁해져 가는 사회가 주는 것은
모두를 답답한 심정으로 몰고 가는 지금 처해진 이 현실을
냉철하게 바로 잡아야 할 사람들이 필요할 때다.

지금까지 순환을 막은 자들은 혈세를 주무르며
많은 혜택을 받은 자들이다.
고마움도 양심도 모르기에 시원한 해결책도 없다.

더 가관인 것은 그런 사람을 두둔하며 따르는 소인배들이 만든
이 순환되지 않는 현실이다.
우리가 지금 해야 될 일이 무얼까?

2023년 12월 14일

겨울비와 눈이 곳에 따라 다르게 내린다니
비를 맞고 싶으면 비 오는 곳을
눈을 맞고 싶으면 눈 오는 곳을 택하면 되는 날이
바로 오늘이다.

마음이 따라가는 대로 살아가는 것이
운명으로 된다니
어제는 큰소리쳤고
오늘은 이불 뒤집어쓰고 만세 부른다.

살아가면서 자유분방한 사람들이
옛날에는 주로 예술인들이었다고 하는데
현재는 주로 정치인들이라 하니 말문이 막힌다.

자신에게 주어진 책임을
제대로 수행하려는 기본 생각을 저버리니
자유분방함이 저절로 나온다.

자신에게 주어진 일에
최선을 다하고 있는 용기 있는 모습으로
누구의 눈치도 보지 않는
오직 정도로 가는 오늘을 응원한다.

2023년 12월 15일

겨울 찬비가 주룩주룩 내린다.
오는 빗소리에 가라고도 못하고
가는 빗소리에 오라고도 못하네.

가뭄이 되기도 전에 잦은 비가 그냥 올 리는 만무한데
무슨 사연 있길래 찬비가 이리도 주룩주룩 내리나?

여름비는 쓸모나 있지!
겨울비는 어디에다 쓸꼬?
알면서도 비를 맞는 게 인생살이네.

비 온 뒤에 오는 추위가 당연하지.

2023년 12월 22일

일 년 중 밤이 가장 길고 낮이 가장 짧은 날이며
팥죽으로 액운을 쫓는다는 뜻에서 동지(冬至)엔
팥죽을 끓여 먹는다.

팥죽 파는 집에선 긴 줄이 늘어선 걸
지난해 그 옆을 지나다 보고 깜짝 놀랐다.

집에서 팥죽 끓이던 옛날 풍습(風習)이 완전히 바뀌고 있음에 놀랐고
식구도 없는데 음식을 한다는 건
생각해 볼 수 없는 현실을 보았다.

일년 중 어느새 기나긴 밤을 맞이하는 오늘이 되었다.
한 달이 하루 같지만 말 없는 시간은 멈출 줄 모른다.

많은 날이 쏜살같이 지나가고 흰 머리가 하나둘 늘어나지만
그래도 오늘은 팥죽으로 모든 액운을 날려 보내련다.

2023년 12월 24일

올 한 해가 저물어 가니
거리마다 캐롤송이 울려 퍼지고
화려한 불빛이 반짝이는 거리가
다른 때와는 달리 또 다른 기분이 드네.

한 해를 뒤돌아본다.
새해는 앞날만 바라봤는데
지금은 뒤돌아보고 있네.

지나간 수많은 시간 속에서
무엇을 하며 지내왔나 하는 생각이
이제서야 뒤돌아보게 하네.

아무것도 모르는 양 캐롤송은 신이 난 듯
거리마다 울려 퍼지고
뜻 모를 나그네의 발길은
생각 없는 한 해를 옮겨 본다.

2023년 12월 28일

며칠 남지 않은 2023년 한 해가 저물어 간다.
못 다한 일이 아직도 남아 있다면 지금도 늦지 않다.
시원하게 풀어 버리자.

여(女)자 세 명이 모이면 간사할 간(姦)자가 된다.
어디든 여자들이 끼어들지 않는 곳이 없다.

항상 큰 사건 뒤엔 끝에 등장하는 여인이 있다.
오죽하면 여자는 어머니도 믿지 말라는 노래도 있다.
그러나 믿고 살 수밖에 없는 것이 인생살이다.

평강공주처럼 지혜롭고 현명한 여인만 있으면 얼마나 좋으련만
평강공주는 눈먼 시어머니에게 효도(孝道)를 다하고
온달에게 글을 배우도록 했다.

온달은 글을 배우고 말타기와 무예를 익혀
늠름한 사내대장부로 변해 훗날 장수로서
나라에 크게 인정받도록 한 여인의 지혜로움이 있었다.

현시대에 이런 여자가 얼마나 될까?
명품(名品)의 여인은 지혜로워야 한다.
남자는 세 수레의 책을 읽어도 되지만
여인들은 다섯 수레의 책을 읽어야 한다.

아침 인사

·

지은이 / 손점암
발행인 / 김영란
발행처 / **한누리미디어**
디자인 / 지선숙

08303, 서울시 구로구 구로중앙로18길 40, 2층(구로동)
전화 / (02)379-4514, 379-4519
Fax / (02)379-4516
E-mail/hannury2003@hanmail.net

신고번호 / 제 25100-2016-000025호
신고연월일 / 2016. 4. 11
등록일 / 1993. 11. 4

·

초판발행일 / 2024년 1월 15일

·

·

값 15,000원

·

ISBN 978-89-7969-885-5   03810